大展好書　好書大展
品嘗好書　冠群可期

大展好書　好書大展
品嘗好書　冠群可期

精選系列 26

東海海戰〈I〉

新・中國日本戰爭〈十一〉

森　詠／著
林庭語／譯

大展出版社有限公司
DAH-JAAN PUBLISHING CO., LTD.

目錄

●主要登場人物●

日本

〈北鄉家〉

北鄉正生　父　外務省顧問　退休　財團法人國際開發中心理事

美智子　母

譽　外務省北京日本大使館一等書記官　（N機構情報部員）

涉　海幕幕僚　少校

勝　自由通譯　曾到上海大學留學

弓　希望成爲畫家　在北京大學文學部學習比較文學科留學

〈政治家・官僚〉

濱崎茂　首相

北山誠　內閣官防長官

青木哲也　外相

葛井護　法相

栗林勇　防衛廳長官

向井原一進　內閣安全保障室長　前統幕議長　（N機構局長）

〈自衛隊〉

新城克昌　統幕作戰部長

河原端大志　總合幕僚會議議長　陸將

國松一信　護衛艦「春雨」艦長

中國

〈劉家（客家）〉

劉達峰　祖父　八路軍上校

劉大江　父　人民解放軍海軍少將　海軍參謀長

玉生　妻

小新　長男　人民解放軍陸軍中校

曉文　長女　事務員

汝雄　次男

劉重遠　劉小新的叔父　香港實業家

進　在北京大學留學

〈中國共產黨・政府〉

江澤民　國家主席　總書記　中央軍事委員會主席

喬石　全人代委員長

〈總參謀部作戰本部（民族統一救國將校團）〉

秦　平　陸軍上將　總參謀部作戰部長　新黨政治局員　軍事委員會秘書長

楊世明　陸軍上校　總參謀部作戰室長

賀　堅　陸軍上校

汪　石　陸軍上校

周志忠　陸軍上校

何　炎　空軍上校

丁善文　陸軍上校　成都軍區司令員

〈香港駐留人民解放軍〉

趙文貴　陸軍上校　參謀長

〈廣東軍〉

（第四十二集團軍）

徐有欽　陸軍中將

白治國　陸軍少將
王　捷　陸軍准將
崔　南　陸軍准將
（第四十一集團軍）
阮德有　陸軍中尉
任維鎮　陸軍少尉

〈中國人民解放軍〉

趙忠誠　中國人民解放民主革命戰線指揮官
尹洛林　前人民解放軍總政治少將

〈蘭州軍管區・第二十一集團軍〉

韋　乾　陸軍上尉　新疆維吾爾自治區派遣軍獨立第33旅團　第8巡邏隊
尹維仁　陸軍中士　新疆維吾爾自治區派遣軍獨立第33旅團　第8巡邏隊

〈中國海軍〉

毛富林　海軍少將　東海艦隊第4護衛艦戰隊司令
金少甫　海軍上校　東海艦隊第4護衛艦戰隊　旗艦「西安」艦長

〈滿洲獨立同盟〉

許瑞林　瀋陽軍管區最高軍事顧問　退役上將　滿洲獨立聯盟領袖
林朝文　瀋陽軍司令員　上將

〈其他〉

江鄉・納里爾　國連ＰＫＦ司令官　印度陸軍將軍
于正剛　廣州人　原來是軍人現在是實業家（暗地裡從事走私生意）
王　蘭　王中林的女兒　暱稱小蘭
范鳳英　中國學生　反政治活動家
齊恆明　中國學生　反政治活動家
馬立德　中國學生　反政治活動家
特爾剛　新疆維吾爾民族解放戰線特爾剛＝帕戴族的族長
帕　戴　特爾剛的孫子　前中國人民解放軍少尉

臺灣

李登輝　總統　國民黨
呂　玄　行政院院長
薛德餘　外交部長

謝　毅　國防部長　軍政
朱孝武　參謀總長　軍令
錢建華　負責保障問題的輔佐官

〈劉家（客家）〉

劉仲明　中華民國軍准將　劉小新的叔父

美國

哈瓦德・辛普森　總統　共和黨
約翰・吉布森　國務卿　新門羅主義者
德納爾德・漢斯　國防部長
巴納德・格里菲斯　負責安全保障問題的總統特別輔佐官　對日穩健派
邁亞・耶爾茲巴克　負責安全保障問題的總統特別輔佐官　對日強硬派

〈美國海軍〉

詹姆斯・馬歇爾　第七艦隊司令官　海軍中將
約翰・科斯納　第七艦隊旗艦「藍山脊號」艦長　海軍上校

俄羅斯聯邦
黑龍江省
哈爾濱
蒙古
長春
吉林省
內蒙古自治區
瀋陽
遼寧省
朝鮮民主主義人民共和國
北京
呼和浩特
天津
河北省
銀川
太原
大韓民國
石家莊
寧夏回族自治區
濟南
山西省
山東省
日本
西安
鄭州
江蘇省
陝西省
河南省
合肥
南京
上海
湖北省
安徽省
杭州
武漢
南昌
浙江省
長沙
貴陽
湖南省
福州
貴州省
江西省
福建省
台北
台灣
廣西壯族自治區
廣東省
廣州
南寧
香港
海口
海南省
菲律賓

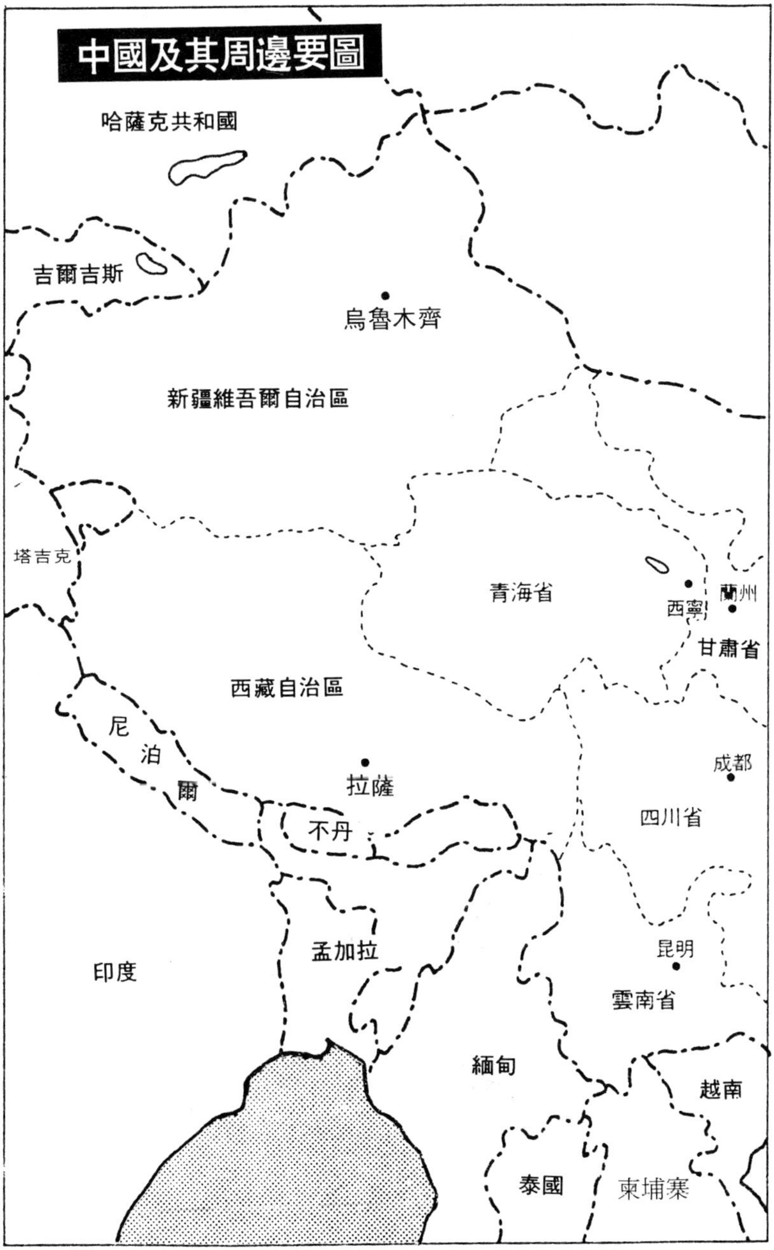
中國及其周邊要圖
哈薩克共和國
吉爾吉斯
烏魯木齊
新疆維吾爾自治區
塔吉克
青海省
西寧
蘭州
甘肅省
西藏自治區
尼
泊
爾
拉薩
不丹
成都
四川省
孟加拉
昆明
印度
雲南省
緬甸
越南
泰國
柬埔寨

第一章　邊境戰爭激烈化

1

新疆維吾爾自治區　8月24日　下午四時

夕陽浮在地平線上，將大地渲染成金黃色。而在清澄的天空中，可以看到黃昏的星星正閃耀著光芒。

像是將金黃色的原野一分爲二似的，留有車輪痕跡的道路，朝著地平線延伸而去。道路目標直指黑壓壓的城鎭，在地平線的盡頭可以看到吐魯番城。

劉進用破布擦拭著額頭上的汗水。太陽漸漸的沉落，不過白天的暑熱依然覆蓋著大地。

「不久之後就會遇到軍方的盤問，大家小心點。」

負責帶路的是滿臉鬍子的帕爾哈提，他吩咐著劉進等人。

「了解，會按照你的吩咐去做。」

劉進點了點頭。

「要注意什麼啊？」

齊恒明不安的問道。

「也沒什麼，只要別多嘴即可，不論對方做什麼，都微笑不要回答。」

帕爾哈提看著坐在劉進旁邊的齊恒明。

「知道了。」

「那個年輕人呢？」

帕爾哈提回頭看著躺在馬車貨架上的馬立德。

「我也了解。」

馬立德舉起手來。

「如果真實身份被識破，全部的人都會被殺。大家一定要牢記這一點。」

帕爾哈提用手擤著鼻涕。而劉進則望著逐漸接近的城鎮。

城鎮就像是隱藏在黃昏的一片黑暗中。太陽朝著大地慢慢沉落。在完全沉落之前，再度於周遭撒下一片金黃色的光芒，然後落入黑漆漆的地平線下。

真是美啊！劉進從來沒想過在西域的荒原中，居然可以看到如此美麗的夕陽。是真實的，並非作夢，劉進不斷的對自己這麼說。

籠罩在夜幕中的黑色大地，可以看到閃爍的城鎮燈火。就像是天空的星星撒向大地一樣。

當然，比起吐魯番的燈火，上海和北京的夜景當然更爲美麗。然而在四面八方一片黑暗的世界中，只有吐魯番的燈火閃耀著光輝，就像是海市蜃樓一般。

馬車就像蝸牛一樣慢慢的爬行著。

帕爾哈提坐在前面，抓著韁繩，愉快的哼著歌。拖著貨車的馬蹄聲響徹雲霄。鐵車輪碾過小砂石路，小石頭彈起時發出高亢的聲響，車身則是嘎嘎作響。貨架上堆積著如山的麻袋和羊毛皮。麻袋裏面塞滿了從湖中採集的鹽。對於維吾爾人來說，羊毛皮和鹽是重要的交易貨品。

拉車的馬頭上下擺動，不斷的發出嘶鳴聲。馬車伕帕爾哈提，則不時的大聲叫喊，以韁繩代替鞭子拍打在馬背上。

「不用擔心，半夜之前就會到達城鎭。」

「我們真的不會被敵人發現而巧妙的接近城鎭嗎？」

之前就一直看到上空有飛機徘徊。在無藏身之處的廣大平原中，可能馬上會被偵察機發現。如果是一、二人，或許不會引起敵人的注意，然而五、六十名騎兵隊一起移動，一定會被發現。如果知道對方是敵人，一定會加以攻擊。

「不要緊，不要緊。屋拉塔尤夫隊長經驗豐富，曾經好幾次瞞過敵人的耳目侵襲成功，從來也沒被識破過。而我們也從來沒有攻擊過吐魯番城，他們作夢也一定想不到會被外敵攻擊。」

「可是在這平原上，如何才能不被敵人察覺，平安的越過平原到達城鎮呢？」

「這只有隊長才知道了。隊長一定能夠辦到。」

帕爾哈提笑著回答。

聽到背後的引擎聲響起。回頭一看，看到揚起滾滾煙塵的卡車逼近。

聽到離合器的聲音，帕爾哈提一邊安撫著馬匹，同時把馬車趕往路邊。一輛覆蓋著車篷的卡車滿載貨物，經過馬車旁。劉進看著卡車的駕駛座，看到漢人軍隊面無表情的臉。

馬車立刻被塵土包圍。卡車車身傾斜，朝著城鎮奔馳而去。

「呸！」

帕爾哈提在路邊吐了一口痰。馬立德拍拍劉進的肩膀：

「劉進啊，我們還得擔心可能會被盤問呢！」

齊恒明很擔心的說：

「我們怎麼看都不像耶魯克。」

原本躺在貨物上的馬立德坐起身來。馬立德和齊恒明都穿著骯髒的維吾爾族服裝。

「不是耶魯克，是耶魯里克（土著），馬先生。」

劉進掀起身上所穿的民族服裝的下襬。是從村民那兒得到的舊衣服。三個人都不習慣穿這種民族服裝，所以一看就知道不是維吾爾人。

「唉啊！耶魯克也好，耶魯里克也好。村裏的人看了我們三個一眼，就放聲大笑，看來我們一定躲不過盤問的。」

「是啊！劉進，如果問我們三人為什麼會在這個地方，我們該如何回答呢？」

「不要緊，不要緊。如果是白天，一定立刻知道你們是漢人，但是現在天色已暗，不會盤問的。」

三個人曬了幾天太陽，膚色都比較黑，光看膚色，的確和維吾爾人一樣。不過身體似乎無法習慣民族服裝，而且看臉龐也知道是漢人。

「唉啊！如果能借大一點的衣服就好了。村子裏好像都沒有像我這麼高大的男人。」

馬立德很彆扭的繞著肩膀和手臂，非常在意袖子的長度。

「因為你太壯碩了嘛。我們都是矮胖型，沒有這麼長的衣服。」

齊恒明慢慢的撈起垂下的衣服的下襬。

突然，前方黑暗處有手電筒的光亮。

在黑暗中，彷彿可以看到堆著沙包的陣地以及裝甲運兵車。

「是檢查站。安靜下來。不要緊，交給我吧！絕對不要說話。」

帕爾哈提小聲的說著。

馬車悠閒的前進，慢慢接近檢查站。最後在黑暗中，幾個手電筒的光亮全都集中在帕爾哈提和劉進等人。

「停。」

聽到維吾爾話和北京話的命令。帕爾哈提拉緊韁繩，一面安撫著馬，同時讓馬車停下來。

「停——停——。」

劉進緊張到口乾舌燥。檢查站的柵欄就在面前。人民解放軍的士兵們全都扛著槍。

沙包陣地前面停著裝輪裝甲車，士兵從圓頂中探出頭來，將機關槍對準劉進等人。帕爾哈提笑著對人民解放軍的士兵舉起手來。

「晚安啊！中士。」

「到哪兒去？」

分隊長中士用維吾爾話問他。帕爾哈提雙手高舉，回答道：
「到城裏去。」
「去做什麼事？」
「像平常一樣做生意啊！我們要到市場去賣東西。」
「咦，好像有一些陌生人喔！」
中士用手電筒照著劉進等人。
「是村裏的年輕人。他們想呼吸一下城市的空氣。喂，大家向隊長打招呼。」
帕爾哈提向劉進等人使眼色。劉進等人慌張的低下頭來。中士看著劉進等人說道：
「拿出身份證來。」
「是，是。」
帕爾哈提從懷中掏出縐巴巴的身份證。中士接過身份證。
中士用手電筒照著身份證，然後用下巴示意劉進、齊恒明和馬立德：
「拿出你們的身份證來。」
劉進假裝聽不懂北京話，而帕爾哈提則用手勢指示他拿出身份證來。
劉進等人慢吞吞的拿出身份證，交給中士。全都是屋拉塔尤夫等人不知道從哪兒弄來的身份證。中士看著劉進等人，一一校對每一張身份證。

「不太像嘛！」

「怎麼可能，那些不會照相的傢伙，每次都把人照得很醜，事實上他們長得多好看啊！」

「你們真的是村子裏的人嗎？不是土匪嗎？」

「怎麼可能，土匪是攻擊我們村子的敵人。你看，我們是解放軍的同志耶！」

帕爾哈提把馬趕到路邊，從車伕座位底下取出拳頭大的紙包塞給中士。中士接過紙包，交給旁邊的士兵。

「好，知道了。走吧！」

「等等。中士。」

這時，士兵身後出現一位上司將校。

「這些是什麼人？」

「隊長，這些傢伙是村子裏賣東西的人，並不是可疑的人。」

中士嚴肅的回答著。將校看著劉進等人。

「這些傢伙看起來不像維吾爾人，是不是漢人啊？」

「不是。這些傢伙真的是維吾爾人，但是帶有哈薩克的血統，是我們村子裏的年輕人。」

帕爾哈提比手劃腳的說明。將校很疑惑的瞪著帕爾哈提。

「可能藏著槍，還是調查一下吧！」

將校命令中士，中士則命令士兵們包圍住劉進等人所坐的馬車。

「全部下車。」

中士命令著帕爾哈提和劉進等人。帕爾哈提聳聳肩膀，做出要劉進等人下車的動作。

劉進等人勉強的下車。

「排好。」

中士命令著。

劉進乖乖的和帕爾哈提站在一起。接著士兵們開始對他們搜身，然後報告：

「全都沒有帶槍。」

「怎麼會帶槍呢？」

帕爾哈提說道。

將校站在劉進面前。這時傳來撲鼻的蒜臭味。

「你真的是維吾爾人嗎？」

「老爺，這傢伙聽不懂漢語。」

帕爾哈提說道。劉進對將校微笑著。將校站到劉進旁邊的馬立德面前，很懷疑的看著馬立德。

「你也聽不懂漢語嗎？」

馬立德笑著點點頭。將校以銳利的眼光瞪著馬立德。

「你聽得懂我說的話嗎？」

「沒這回事。」

站在旁邊的帕爾哈提辯解著。

馬立德慌忙的露出笑容。將校移動到齊恒明的面前。齊恒明趕緊低下頭來。

將校回頭看著馬車。

「檢查馬車。」

士兵用手電筒照著馬車上的貨物，並檢查貨架下面。連車伕座位底下都檢查過了。

「什麼也沒有。」「沒有異狀。」「沒發現武器。」

士兵們陸續回答。

「中士，把貨物全部卸下來檢查。」

「隊長，全部都要卸下來嗎？」

「是的，快做。」

士兵們正打算卸下馬車上的貨物。

「您饒了我吧！如果無法到城裏做生意，我們一家人明天就會餓死了。」

帕爾哈提哽咽的說道。

「這我可不管。」

將校突然這麼說。帕爾哈提小聲的對將校說道：

「我有事跟您商量……。」

「什麼事？」

將校走到帕爾哈提旁邊。帕爾哈提趕緊將手中握著的東西塞到將校手中。將校用手估計一下東西的重量，然後立刻放入口袋中。而周圍的部下則都假裝沒看見。

「當然囉，也不能不讓你們做生意啦。」

將校說著。中士鬆了口氣，對帕爾哈提說道：

「你們走吧。」

中士把身份證還給帕爾哈提，並且指示部下們退開。士兵們各自回到原先的沙包陣地。

劉進等人趕緊回到馬車上。帕爾哈提也回到原先的車伕座位上，手握韁繩用力抽打著馬匹。馬匹也加快腳步拉著馬車。

柵欄抬起，帕爾哈提對中士和隊長揮揮手。

「謝謝啦。」

馬車緩緩的向城裏前進。

「終於獲救了。當那個隊長很疑惑的盤問我時，我真的嚇了一跳。」

馬立德小聲的說著。齊恒明也縮著脖子。

「我也嚇了一身冷汗。」

劉進問道：

「帕爾哈提，你給他什麼東西啊？」

「一點鴉片啊！那個隊長看到我把東西交給中士，自己也想分一杯羹，所以就跑過來刁難。真是混帳。」

帕爾哈提氣得在路邊吐了一口口水。

眼前可以看到吐魯番城的燈火愈來愈明亮了。馬匹加快腳步。車輪響起吵鬧的聲音，朝著城裏奔馳而去。

2

馬車通過車輛交錯的吐魯番街道。雖然無法與上海相比，不過在城鎮中心的街道兩側，也可以看到大樓以及櫛比鱗次的住宅。

街燈稀少，城鎮中有些昏暗。不過比起沒有電的鄉村生活，還是充滿著城市的氣氛。劉進等人似乎也覺得很稀奇，在馬車上望著城鎮。

離睡覺時間還早，家家戶戶的門口前都是乘涼的人影。香煙的火就像是螢火蟲的光一樣閃爍著。

街上的車輛幾乎都是人民解放軍的軍用車輛，偶爾有民間的卡車和來自鄉下地方的貨運卡車。

有時會看到公安的巡邏車，像是監視著街上的人似的緩緩前進。繁華的街上可以看到低層的辦公大樓，幾乎所有大樓的燈都已經關掉了。

「帕爾哈提，打算到哪兒去啊？」

劉進問帕爾哈提。

「到藏匿的地方去啊！今天晚上在藏匿的地方休息一下，明天再說。」

「唉，真想今夜就行動。我已經按捺不住了。」

馬立德在那兒摩拳擦掌。劉進則安撫馬立德：

「別急，先塡飽肚子再說。」

「是啊！我今天晚上要吃很多豬肉。羊肉已經吃膩了，真受不了體內散發出來的羊臭味。」

齊恒明肚子餓了。帕爾哈提則嘆了一口氣，說道：

「吃豬肉？你們真是骯髒的人啊！所以我不喜歡和漢人交往。再這麼說，連阿拉真神都要生氣了。」

齊恒明聳了聳肩膀。

馬車終於從大路轉進昏暗的小巷子裏，周圍都是石造的小房子。不知道從哪兒飄來了污水以及污物的臭味。

前進了一會兒，帕爾哈提終於拉起馬韁繩，停住馬車。這兒是很多兩層樓建築的商店街。不過商店的鐵捲門都已經放下來，打烊休息了。

只有一間店還開著。店裏頭有很多桌椅，很多人在那兒喝茶、抽煙。

「就是這裏。」

帕爾哈提對劉進等人說道。建築物前的人都站起來和帕爾哈提擁抱、打招呼。年輕男子和小孩跑向馬車，將馬車上的貨物卸下來。店的鐵捲門發出聲響打開了，貨物被運到店中。

一名男子低聲的和帕爾哈提交談。終於，帕爾哈提趨前介紹劉進等人認識這名男子。

「這位是我的朋友阿姆敦，是這兒的負責人。」

阿姆敦向劉進等人點點頭。劉進想伸手和他握手，但是阿姆敦卻撇過臉去，並沒有伸出手來。

「我討厭漢人。就算屋拉塔尤夫隊長相信你們，但是我不信。我不想和漢人做朋友。如果認識你們但是必須殺你們時，我怕自己會下不了手。我不想這麼做。」

阿姆敦摸摸臉頰上的鬍子，用北京話說著。劉進和馬立德、齊恒明互相對看。帕爾哈提說道：

「阿姆敦的父親和兄弟被漢人所殺。你們要了解這一點。」

「知道了。不過我們是你們的同志。你只要記住這一點就好了。」

劉進說道。

阿姆敦稍微點了點頭，什麼也沒說。

「大家到裏面去，我有東西讓你們看。」

帕爾哈提催促劉進等人進入屋內。劉進等人進去後，鐵捲門又放了下來。年輕男子和小孩們跟在劉進等人的後面，陸續進來。

裏面的門打開了，全都是身材壯碩的維吾爾男子。阿姆敦介紹他們給劉進等人認識，他們也是很懷疑似的看著劉進等人，並沒有站起來。

跟著進來的帕爾哈提和男子們互相擁抱、打招呼。

阿姆敦吩咐旁邊的年輕男子，而年輕男子則叫幾個小孩到二樓去。帕爾哈提笑了起來。

終於，年輕男子和孩子們從二樓拿了一些衣物下來。阿姆敦從年輕男子手中接過衣物，擺在房間的大桌上。有點舊，是人民解放軍的野戰戰鬥服。

「這是？」

「這是從軍營裏偷出來的，總共有三套。穿了之後，你們就不會被懷疑了。如果是維吾爾人穿，一看臉型就知道不是漢人，立刻就會被識破。」

阿姆敦摸摸臉上的黑鬍子。馬立德則看著三套野戰服的肩章和襟章。

「是少尉的服裝和中士、上等兵的服裝。」

「你們誰服過兵役啊？」

劉進看著馬立德和齊恒明。

「我只在學校接受過軍事訓練。」

齊恒明說道。

「我到上海之前，曾服兵役兩年。小劉你呢？」

馬立德看看劉進，劉進聳聳肩。

「小馬，那麼你當少尉。我也只在學校接受過軍事訓練，我當中士好了。」

「等等，小馬當少尉還可以，但是小劉和我都只在學校受過軍事訓練。」

齊恒明嘟著嘴。

「我是學生隊長，你呢？」

「我是普通的士兵啊！」

齊恒明搔搔頭。

「小劉，還是你來扮少尉好了。這件衣服我穿太小。如果衣服合身，我當中士或上等兵都可以。」

馬立德將少尉的野戰服交給劉進，齊恒明也點點頭。

「是啊，小劉，你還是穿少尉的服裝好了。你看起來比較像將校，有那個風格嘛！」

「可是我不喜歡當將校。」

劉進想把手上的野戰服還給他們，但是，帕爾哈提卻插嘴說道：

「唉呀，不管當什麼都好，趕快穿吧！」

劉進等人脫掉了維吾爾族的服裝，換上野戰服。野戰服的大小正好適合劉進；而齊恒明穿著中士的服裝也剛剛好；馬立德的野戰服雖然有點緊，但畢竟是最大件的，所以也還可以。

三個人互看對方穿的野戰服都笑了起來。

「不是很適合嗎？」

「雖然有點奇怪，但是比起民族服裝，似乎比較適合我們。」

「不過我們的官階都很小。」

「唉！這樣就已經很不錯了。阿姆敦，把槍拿出來。」

帕爾哈提很滿意的拍拍手。阿姆敦很勉強的看著這三人，然後以下巴示意年輕男子。年輕男子從店裏的架子上拿出五四式自動手槍和卡什希尼科夫衝鋒槍。拿著手槍和衝鋒槍，劉進等人看起來更有軍人的架勢。

「嗯！很好。不管是白天還是晚上，就這樣走出去，也沒有人會懷疑你們。」

帕爾哈提整理劉進野戰服的衣領，擺正肩章的位置。

「嗯！感覺不錯。過一會兒就會習慣了。」

「怎麼樣，要不要以這樣的打扮到外面走走啊？」

馬立德肩上扛著衝鋒槍，戰鬥帽壓得很低。

「不行，你到這附近閒逛，會被誤以爲是真正的中國士兵，到時會被我們的同志殺死。」

帕爾哈提警告劉進等人，而阿姆敦終於笑了。

「要和我們一起行動，否則他們不知道你們是同志。知道嗎？」

「了解。」

劉進和馬立德、齊恒明一起點頭。

這時另外一名男子走了進來。男子看到劉進等人，臉色刹時大變。阿姆敦笑著對他說了幾句話，男子看著劉進等人，小聲的對帕爾哈提耳語。

帕爾哈提和阿姆敦的人很高興的握緊了手。

「怎麼回事啊？」

「屋拉塔尤夫隊長和阿布德副隊長也已經潛入城中了。」

「本隊已經進入城中了嗎？」

「這次的作戰，帕代隊以及我方的游擊隊全都大舉來到此處。明後天，這個城裏就都是我方的同志了。」

「帕代隊？」

劉進感到很訝異。

「帕代隊是負責新疆維吾爾民族解放戰線的游擊隊之一。這次的作戰，帕代隊的隊長和我們的阿布德副隊長商量過，決定進行緊密的連手作戰。帕代隊同志要從城外攻擊吐魯番基地，而我們則從內呼應攻擊城內的敵人。」

帕爾哈提很高興的說著。

「所以，我們的任務非常重要。」

「什麼時候開戰？」

「後天深夜。」

後天晚上是新月，黑暗對我方比較有利。

「所以，只有今晚和明天可以事先調查囉？」

劉進看著馬立德和齊恒明。

「帕爾哈提，沒時間磨蹭了，今晚就去調查吧！」

「今晚已經快到禁止外出時刻的十一點了。」

帕爾哈提看著時鐘。時鐘的指針指著晚上十點四十分。

「只剩二十分鐘了。」

劉進嘆了一口氣。齊恒明則鼓勵他說道：

「明天也可以去調查啊！」

「是啊！我想打電話，有沒有人帶行動電話？沒有的話，普通電話也可以。」

「打到哪裏？」

馬立德訝異的問道。

「我想和上海民主革命戰線或同志聯絡，告訴他們我們平安無事，並且詢問一下後來上海的狀況。」

帕爾哈提看著阿姆敦。

「我們沒有行動電話，不過商店或事務所應該有普通電話。公共電話比較少。但可能會被公安竊聽，那就危險了。公安一竊聽到電話裏的消息，立刻就會飛撲過來，所以我們都不用電話。」

劉進摸摸下巴。

「有沒有電腦？」

「我們沒有這種東西，也不打算用這種東西。」

阿姆敦搖搖頭。

「城裏都沒有電腦嗎？」

劉進問道。

「國營的百貨店裏可能有，其他的只有民營公司或是組織的書記局才有。」

「有沒有看過電腦呢？」

阿姆敦側著頭，在那兒想著。

「好像有……。」

「在哪裏？」

「在公安局。」

「不行，我們現在去就像是飛蛾撲火一樣。」

齊恒明嘆了一口氣。

「等等，也許辦得到。」

劉進這麼說著，看著齊恒明和馬立德。

「喂喂，別這麼做。什麼都別說了。」

「不行，你的想法太危險了。」

劉進什麼也沒說，但是，齊恒明和馬立德卻幾乎是同時反對。

3

聽到吵鬧的車輪聲，原來是巡邏的輪動裝甲車經過大街。天空上無數的星星正閃爍著，城鎮則恢復了寧靜。空中高掛著如絲線一般的新月。

輪動裝甲車開走之後，陰暗處有四個人影正在移動。

阿姆敦藉著暗處的遮蔽物往前慢慢移動。後面跟著的是帕爾哈提。他有時會停下來，用手勢告訴後面的劉進等三人前方的情況。

帕爾哈提的後面跟著劉進，接著是馬立德、齊恒明。

大街上有一棟燈光明亮的四層樓建築物。玄關處穿著制服的公安拿著槍站崗。一樓的值班室裏，有的公安坐在椅子上，有的則是到處走動。

阿姆敦用手指著公安的值班室，並豎起兩根手指。帕爾哈提點點頭表示了解。

二樓的燈關掉了。阿姆敦率先鑽進建築物後方的巷子裏。

建築物後院是公安車輛的停車場，有高高的圍牆圍著，牆上有鐵絲網。

「截斷機。」

帕爾哈提向馬立德比手勢。而手拿著截斷機的馬立德正打算靠近圍牆。

「去去去。」

阿姆敦舌頭作響，發出警告聲。帕爾哈提則用手指著安裝在圍牆柱子上的監視攝影機。監視攝影機在那兒擺動著。

「有幾架攝影機？」

帕爾哈提問道。

「下個柱子也有一架。」

阿姆敦回答。

帕爾哈提檢查監視攝影機的動向。

攝影機照著道路，朝向右側時，左側的圍牆形成死角。所以要穿越圍牆，只有等到攝影機轉向右側時。

「計算時間。」

帕爾哈提對齊恒明說道。

「了解。」

齊恆明看著手錶的秒針。

攝影機從左慢慢的往右轉。通過中央，開始朝向右側。帕爾哈提看著攝影機的動作，說：

「就是現在。」

劉進對齊恆明做出手勢。攝影機完全轉向右側，然後開始慢慢向左轉。在快到達中央時，帕爾哈提向齊恆明做出停下來的指示。

「十五秒。」

劉進對帕爾哈提和阿姆敦說：

「好，在這十五秒的時間內，我和齊恆明一起越過圍牆到內部去。」

「只有這麼一點時間，真讓人擔心。我也去吧！」

帕爾哈提說。劉進搖搖頭。

「為什麼呢？」

「帕爾哈提，你們這些人一旦被發現，一看就知道絕對不是漢人。若是我們，還可以欺騙他們一下。」

「知道了，那麼就交給你們吧！」

「我該怎麼做呢？」

馬立德問。

「你和帕爾哈提等人一起留在這裏。等我們逃出來時支援我們。」

劉進對馬立德說。

「知道了。」

馬立德點點頭。

「萬一我們被敵人抓住，你們趕緊逃走，不要管我們。」

帕爾哈提笑著說：

「小劉，你們不會做出被對方抓到的蠢事吧？」

「說不定喔。」

劉進搖搖頭。

阿姆敦提用平靜的語氣說：

「首先剪斷鐵絲網，弄一個侵入口，然後接下來的事就交給你們去辦了。」

「再來我通過鐵絲網，然後是齊恆明通過鐵絲網。」

「了解。」

齊恒明點點頭。

劉進看著監視攝影機。監視攝影機朝向中央，然後慢慢的轉向右邊。

「現在。」

帕爾哈提指示劉進和馬立德，三人跑向圍牆。馬立德雙手貼在圍牆上，劉進踩在他的肩膀上，從圍牆上面往內看著停車場。幾輛帶有篷子的卡車和小型卡車停在那兒。帕爾哈提將截斷機交給劉進，劉進用截斷機剪斷鐵絲網。聽到啪唧鐵絲網被剪斷的聲音。

「回去！」

帕爾哈提小聲說著。

馬立德和劉進沿著陰暗處跑了回去。帕爾哈提跟著他們。

監視攝影機朝向左邊，終於又回到中央。

「走吧！」

帕爾哈提拍拍齊的肩膀。這一次輪到齊恒明和阿姆敦跑出去。

阿姆敦雙手扶著牆壁，齊恒明踩著阿姆敦的肩膀，從鐵絲網的洞跳了過去，消失在圍牆的另一邊。

「快點。」

帕爾哈提催促阿姆敦。阿姆敦趕緊滾到陰暗處。攝影機轉向左側。阿姆敦喘了一大口氣。攝影機慢慢的朝右擺動。

「去吧！」

劉進說道，馬立德趕緊行動。帕爾哈提跑了過去，和馬立德手牽著手。劉進的腳踩在兩人的手上。

兩人將劉進往牆上推。劉進趕緊鑽進鐵絲網的洞，跳到裏面去。而站在裏面的齊恆明接住了劉進。

攝影機轉回了左側。劉進和齊恒明躲在車輛下。似乎聽到說話的聲音，不過對方並未察覺到他們已經侵入了。

攝影機又回到右側。

劉進和齊恒明穿梭於車輛間，跑入建築物的後門。將門推開一道縫隙，觀察走廊的情況。沒有人影。走廊的盡頭傳來收音機的音樂。

兩人趕緊溜進走廊。兩側都是門。前方有個轉角，可以看到樓梯。

「糟糕了。」

聽到聲響。走廊中間的廁所傳來了腳步聲。

劉進和齊恒明趕緊打開附近的門，進入漆黑的房間裏。悄悄的關上門。劉進手上拿著自動手槍。聽到走廊上傳來的腳步聲朝著樓梯的方向移動，終於消失了。

「小劉，看到了。」

齊恒明指著房間內。在黑暗中凝神細看，房間裏似乎擺了幾張辦公桌。桌上有一些電腦的終端機以及電話。

「這裏有終端機耶。」

「好，我來打電話。小齊，你就用電腦好了。」

「好。」

齊恒明跑到一台終端機前面坐下。打開電腦的電源，螢幕閃爍著光芒，聽到電腦發出的電子聲。

劉進趕緊按下門鎖，然後跑到窗邊關好遮光窗簾，避免房內的光漏到外面。

齊恒明技巧純熟的敲打著鍵盤，移動滑鼠。

劉進拿起桌上的電話聽筒。聽到聽筒裏面的發信聲音。

按下上海的區域號碼，然後再按下趙忠誠工作站的電話號碼。聽筒裏傳來電話接通的聲音。

「接通了。」

突然，接通聲音停止。聽到男子的聲音。

『是誰？』

「長江奔流。」

劉進說出暗號。

『說什麼啊？』

男子似乎聽不懂。劉進默默的掛上聽筒。齊恒明一邊看著電腦螢幕，一邊問：

「怎麼回事啊？」

「工作站好像落入敵人之手，暗號不通。」

「直接打電話給天龍看看。」

「啊！」

劉進又拿起了聽筒，按下天龍和于正剛的行動電話號碼。只要于正剛沒被敵人逮捕，應該可以取得聯絡。

『……這個電話目前暫停使用，請查明後再撥。』

聽到女性用北京話和廣東話重複說出這一句話。

「也不行，無法和天龍取得聯絡。」

于正剛到底發生什麼事情？還是換了行動電話的號碼呢？劉進又掛上聽筒。

「你那邊怎麼樣？」

「畜生！」

齊恒明生氣的說。

「怎麼回事？」

「這也不行。要求輸入姓名、階級和所屬單位。」

劉進在齊恒明身後看著電腦螢幕。

畫面要求輸入電網使用者的姓名和所屬單位。

「如果不輸入正確的名字，就無法連接網路。只要知道這裏一名課員的名字就可以。」

齊恒明拉開辦公桌的抽屜，開始找尋堆積如山的文件。

「我也來找。到負責人的桌上找。」

劉進跑到擺在牆邊的大桌子。和其他的辦公桌相比，一看就知道是幹部的辦公桌。利用手電筒找尋抽屜和檔案櫃。

劉進拉開所有的抽屜，看到了裝著幾十張相同名片的盒子。

柏積強。吐魯番市公安局調查資料課長。……連電子郵件信箱都有記載。

「就是這傢伙，只要有這個名字，應該就可以連線到電網上。」

齊恒明在終端機前按下按鍵，輸入「柏積強」的姓名和所屬單位。

畫面更改，允許進入網際網路。

「接下來看我的。」

齊恒明敲打著鍵盤，開始找尋網路。

「不知道同志們怎麼樣了。」

齊恒明喃喃自語，同時移動滑鼠、敲打鍵盤。

劉進按捺住焦躁的情緒，盯著螢幕看。

「畜生！民主革命派相關的網頁全都不能存取。」

「試試阿其哈巴拉？」

劉進想起了北鄉勝等人所組織的駭客軍隊。

「阿其哈巴拉開了網頁嗎？」

齊恒明問。

「應該是開了專業網頁。」

「調查看看。」

齊恒明敲打著鍵盤，按下搜尋鍵。

畫面浮現搜尋中的文字。時鐘的秒針緩慢的前進著。

「好久喔。」

「這是舊式的電腦，所以要花較多的時間。」

「賓果！連接上天龍的網路了。」

齊恒明並沒有放棄，繼續敲打著鍵盤。天龍是民主革命派的暗號。

「噓！有人來了。」

走廊上傳來高亢的交談聲。齊恒明把手擺在電源上，準備隨時切斷電源。劉進溜到門後，注意走廊上的動靜。說話聲隨著廁所的開門、關門聲逐漸變小了。

「好。」

齊恒明又移動著滑鼠。

「你看，小劉。」

齊恒明按著鍵盤。劉進則看著電腦螢幕。

『……上海特別市已經落入我們民主革命派之手。上海市民、勞工、學生、士兵全都崛起，攻擊反革命政府軍。現在民主革命的火焰正如星星之火開始燃燒著。南京、徐州……，各地的農民、勞工、市民持續奮起，從反革命政府軍那兒逃走的愛國士兵們也都加入。全中國的農民、勞工、學生、支持民主革命的士兵們，不要怕死，一起崛起，參加我們的民主革命戰線！為自由而死。……贊成我們呼聲的民主人士，請趕緊送電子郵件到下記的電子信箱。……。』

劉進拍拍齊恒明的肩膀。

「讓天龍知道我們平安無事。」

「了解、了解。」

齊恒明敲打著鍵盤，打出電子郵件的文章。

『……我們劉進、齊恒明和馬立德三人在上海被逮捕之後，成爲政治犯送到邊境的收容所，但是載著囚犯的火車，在新疆維吾爾自治區的山中遇到盜賊襲擊，我們三人逃亡成功。後來受到新疆維吾爾民族解放戰線屋拉塔尤夫隊的幫助，現在協助屋拉塔尤夫隊從事游擊活動。請將我們三人平安無事的消息通知北鄉勝先生、北鄉弓、范鳳英，以及上海、北京的同志們。我們的電子郵件信箱是……。』

劉進讀出柏積強的電子郵件信箱，而齊恒明則趕緊輸入電腦中。

「這樣就好了嗎？」

「試試看吧！」

齊恒明將電子郵件送到天龍的電子郵件信箱。劉進盯著畫面看。

「不知道有沒有人看信箱。」

「如果看到，一定會立刻傳來回音。拜託，一定要有人看到。」

齊恒明祈禱著。這時走廊傳來一些雜踏的腳步聲和說話聲。

畫面顯示郵件已經送達。

「來了。」

齊恒明趕緊移動滑鼠。

『天龍傳訊給小劉。收到你們的郵件，知道你們平安無事，大家都非常高興。

立刻將你們的郵件轉送給其他同志。目前上海、南京地區處於內戰狀態。城市已經被民主派解放，而周邊近郊的小都市和農村依然在北京軍的控制之下。民主派意氣風發，民主解放軍在各地擊敗敵人。並且和廣東軍及福建軍取得聯絡，狀況對我方有利。希望你們儘早回到上海，回到我們民主革命戰線。』

「要做的事情還有很多呢！」

劉進嘆了一口氣。吐魯番距離上海五千公里，坐噴射客機要花五、六小時。不知道什麼時候才能回去呢！

『……郵件中所提到的北鄉弓和王蘭、范鳳英等人，目前都下落不明。她們也成爲政治犯，被移送到新疆維吾爾自治區的政治犯收容所，不過中途運輸機墜機。雖然公安當局並沒有公開發表這個消息，但是根據內部協助者的情報，運輸機的組員以及被移送的囚犯全都死亡……。』

「什麼！弓和小蘭死了？」

劉進重新看著郵件的文字。齊恒明緊咬著嘴唇，敲打鍵盤。

『弓和小蘭死了，是真的嗎？運輸機墜落在何處？』

『很遺憾，目前還無法確認是否有生還者。而運輸機的墜落現場似乎是在新疆維吾爾自治區的山中。』

『運輸機是飛向新疆維吾爾自治區的什麼地方？』

『目前阿其哈巴拉還在調查。等知道後……。』

突然，郵件消失。畫面浮現「不許連接」的文字。

「畜生！這是怎麼一回事啊。」

齊恒明拼命敲打著鍵盤，想要送出郵件，但是仍然無法與天龍取得聯絡。

「電腦警察檢查郵件的傳送。可能是想要知道發信地在何處。」

劉進拍拍齊恒明的肩膀。

「可以了。我們走吧，繼續待在這裏也沒用。」

齊恒明很懊惱的切斷電源。劉進悄悄打開門，溜到走廊。

電話鈴聲響起，齊恒明和劉進趕緊衝向後門。

後門突然打開，兩名公安警官一邊說話，一邊走進走廊。齊恆明抓緊手上的衝鋒槍。劉進趕緊用手制止齊恒明。兩個警官用狐疑的眼光看著劉進等人。

劉進挺起穿著迷彩野戰服的胸膛，瞪著兩名警官。警官看到劉進野戰服上的少尉階級，趕緊向他敬禮。

「辛苦了。」

劉進向他們行舉手禮答禮。兩名警官似乎還是覺得很狐疑似的看著齊恆明和劉進。年長的警官詢問劉進：

「少尉，有什麼事嗎？」

「不，沒什麼，你們呢？」

「目前無異狀。」

「好，那麼我們先離開了。」

劉進向齊恆明示意，警官趕緊讓路給他們通過。

劉進和齊恆明打開後門，走到外面去。兩名警官則站在門口目送他們離去。

「該怎麼辦？不能再爬牆啊！」

「偷輛車子吧！」

劉進用手指著停在停車場的警察車輛和軍用車輛。

「好主意。小劉，就這麼辦吧！」

「小齊，沒有鑰匙可以發動車子嗎？」

「當然囉。偷車就交給我了，要偷哪一輛？」

「偷一輛卡車好了。」

劉進用手指著排在那兒的一輛軍用卡車。

「好吧！」

齊恆明跑向一輛軍用卡車，打開駕駛座的門。將衝鋒槍擺在座位上，然後爬上座位。劉進打開另一邊的門，爬了上去。兩名警察互相對看，很懷疑的看著他們。

齊恆明拿出刀子，拉出方向盤下方的電線，用刀切斷電線，剝掉電線外面的塑膠皮，露出了銅線。兩名警察不知道在商量什麼，同時朝著卡車走過來。

兩條電線碰在一起，發出了火花。但是一直發不動引擎。警察小跑步跑過來。

劉進笑著對跑過來的警察揮揮手。

「快點。」

「我知道。」

劉進笑著，手上拿著衝鋒槍，拉起滑板。聽到子彈裝填進去的聲響。

突然引擎轉動，發出了聲音。卡車發出轟隆的聲音前進。警察趕緊從卡車前跳開，大叫著並拔出腰際的手槍。

「等等！是小偷。」「停下來！我要開槍了。」

警察拿著手槍。槍聲響起，貨架的隔板玻璃中彈粉碎。

卡車衝向停車場的出口。出口有警衛室，鐵絲網門阻擋了前進的路。

警察從警衛室拿著衝鋒槍衝出來，對準卡車。一連串的掃射，擋風玻璃粉碎。

齊恆明和劉進趕緊趴下去躲避子彈。

「快衝啊！」

齊恆明大叫著。劉進從沒有玻璃的窗子伸出衝鋒槍，對著負責守衛的警察一陣掃射。警察四散奔逃。

卡車正面撞上鐵絲網門，發生劇烈的聲響。鐵絲網門被撞毀，卡車衝了出去。警笛聲響起。卡車的引擎聲音大作，朝著沒有人煙的街道猛然奔馳而去。背後傳來子彈聲。

卡車的車身在十字路口傾斜，往右轉。輪胎散發出膠臭味。

就在往前衝的卡車前，竟然有人飛撲了過來，攤開雙手擋在前面。

「危險！」

齊恆明趕緊踩煞車。煞車聲響起，卡車停了下來。

車燈照著前方的馬立德、阿姆敦和帕爾哈提。

「喂！別丟下我們不管。」

馬立德大吼著。劉進直指後面的貨架。

「快上車！」

馬立德和阿姆敦、帕爾哈提三人趕緊爬上卡車的貨架。齊恆明立刻開動卡車。街上到處是緊急車輛的警笛聲。卡車在一片漆黑的街道上急馳而去。

4

吐魯番市場相當的吵雜、熱鬧。改穿民族衣服的劉進、齊恒明、馬立德，跟在負責帶路的帕爾哈提和阿姆敦的後面，一腳踏進市場內。

吐魯番市場大部分都是當地的維吾爾族和哈薩克族商人的商店街，漢人的商店街只限在面對大街的一角。大街經常有公安和武裝警察隊員巡邏，只保護漢人商人的安全。

離開大街進入小巷，幾乎沒有漢人，只有維吾爾人和哈薩克人。

很少有漢人進入市場內，因爲一不小心誤入小巷內，不知道會被維吾爾人如何修理，充滿著危險。

劉進走路時感覺到來自周圍的敵意，脖頸發涼。每一次阿姆敦都會對周圍的人說，劉進是自己的同志。

「這裏。」

阿姆敦在一間地毯店前停下來。不知道什麼時候，頑皮的孩童跟在劉等三人的背後，很稀奇似的看著他們。

帕爾哈提大聲的責罵他們，趕走這些頑皮的孩子。頑皮的孩子聽到阿姆敦的責罵，嚇得四散奔逃，但是立刻又跑回來，遠遠的看著三人。

店裏的保鏢似乎認識阿姆敦和帕爾哈提。打過招呼後，允許劉進等進入店中。

店後面的門打開了，是沒有家具的空曠事務所。桌前的維吾爾人竊竊私語著。當他們抬起頭看到阿姆敦和帕爾哈提時，突然站了起來。和阿姆敦和帕爾哈提互相擁抱，互相摩擦臉頰打招呼。

帕爾哈提向他們介紹劉進等三人。劉進等向他們鞠躬，並且用笨拙的維吾爾話向他們打招呼。雙方結束介紹儀式後，帕爾哈提和阿姆敦暫時不管劉進等人，而和其他人商量著。

劉進等人無所事事的坐在椅子上，等他們結束談話。終於，帕爾哈提笑著對劉進等人說：

「同志，恭喜啊！屋拉塔尤夫隊長已經到街上了。」

「太好了，屋拉塔尤夫隊長在哪兒？」

劉進點點頭，問道。

「這我們也不知道。在開始作戰前，這是秘密。」

「要按照預定計畫開始作戰嗎？」

「當然囉，好像已經開始作戰了。」

「已經開始了？那我們做什麼呢？」

「本隊立刻派人來，我們遵從他的指示就好了。」

劉、齊和馬互相對望。

大致的作戰以及目的，在村中已經聽過了。當時也聽到自己該負的責任。但是考慮到萬一被敵人逮捕時可能會被逼供，所以，對方沒有告訴他們具體展開作戰的事項。

門外好像有人。門打開了，出現一個蒙面的男子。劉進等人看了男子一眼，歡聲雷動：

「阿布德！」

「大家都好吧！」

阿布德副隊長拿掉蒙面布，笑著和劉、齊、馬握手。

帕爾哈提和阿姆敦也跑向阿布德，祝賀他平安無事。屋子裏的男子全都和阿布德擁抱，表示歡迎之意。看到阿布德之後，陸續有年輕男子進來。都是村中熟悉的青年，而且都全副武裝。

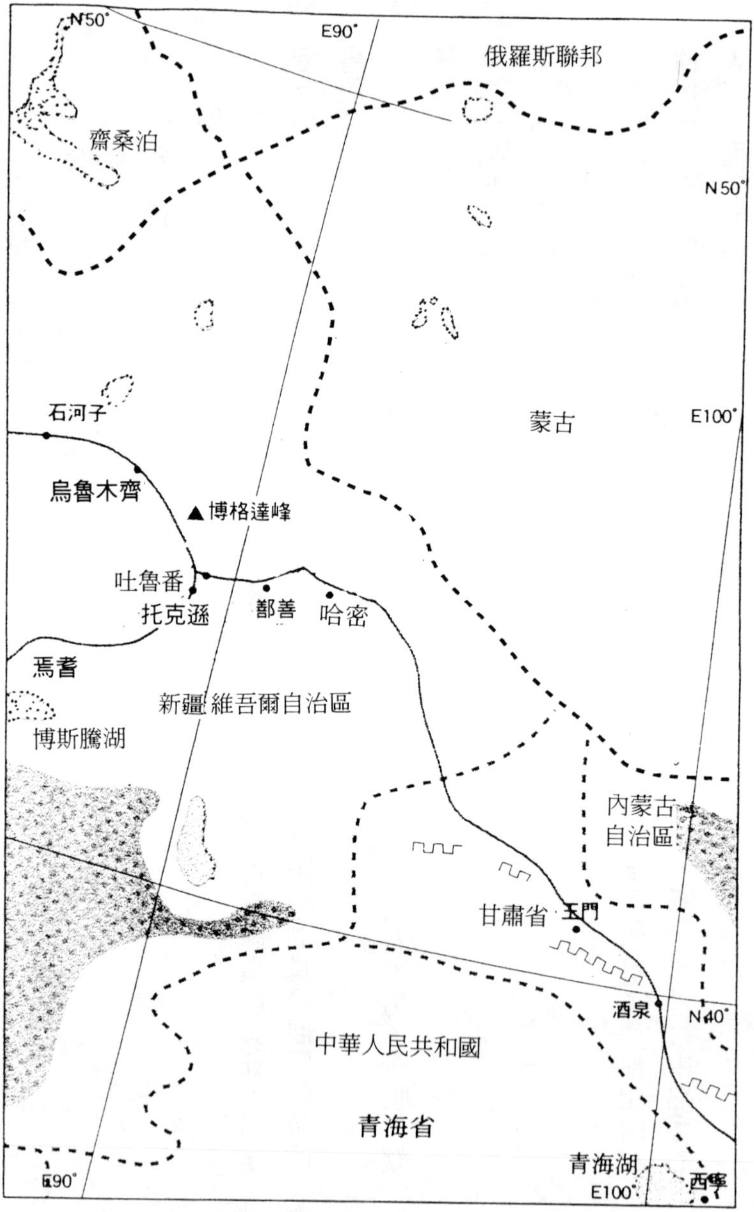
N50°
E90°
俄羅斯聯邦
齋桑泊
N50°
石河子
蒙古
E100°
烏魯木齊
▲博格達峰
吐魯番
托克遜
鄯善
哈密
焉耆
新疆維吾爾自治區
博斯騰湖
內蒙古
自治區
甘肅省
玉門
酒泉
N40°
中華人民共和國
青海省
青海湖
西寧
E90°
E100°

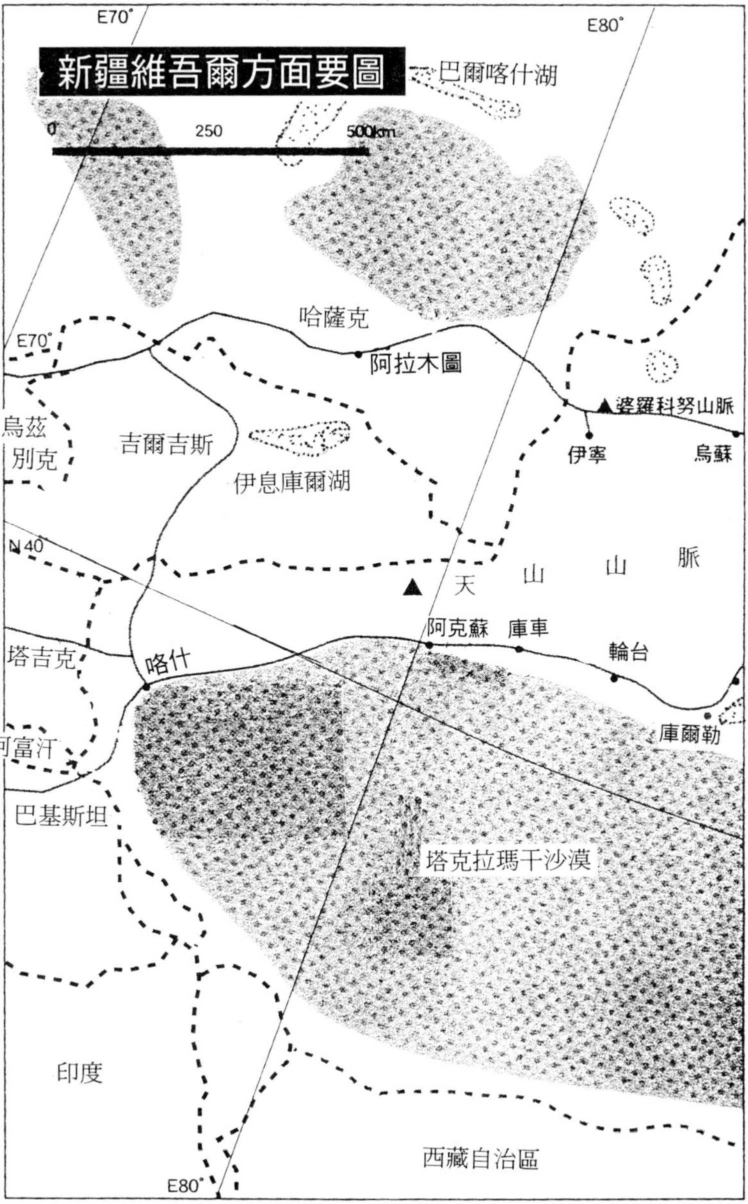
新疆維吾爾方面要圖
0
250
500km
E70°
E80°
巴爾喀什湖
哈薩克
阿拉木圖
E70°
婆羅科努山脈
伊寧
烏蘇
烏茲
別克
吉爾吉斯
伊息庫爾湖
N 40
天　山　山　脈
阿克蘇
庫車
輪台
塔吉克
喀什
庫爾勒
阿富汗
巴基斯坦
塔克拉瑪干沙漠
印度
西藏自治區
E80°

「阿布德，已經開始作戰了嗎？」

「現在要威脅敵人的部隊已經開始作戰了。如果敵人在這個城鎮的主力部隊全都出動，那麼市內空無一人，就輪到我們出場啦！」

阿布德笑了起來。

吐魯番近郊有空軍基地、陸軍基地，以及第二砲兵的戰略核彈發射場。

空軍基地負責從後方支援地方首都烏魯木齊，是重要的後方基地。

第二砲兵的核彈發射場，以前被視為是對蘇聯、對印度戰略的一環而配置在這兒。但是，現在主要戰略依然不變，配置著警戒俄羅斯和印度境內的核彈。

吐魯番陸軍基地，有蘭州軍管區第21軍麾下的獨立第84旅團六千名兵力駐屯。除了監督這個地區之外，同時也是為了確保從哈密到烏魯木齊的鐵路與道路幹線的安全而設置的。此外，吐魯番市內有治安部隊、武裝警察和公安部隊，總共八百人駐守。

自古以來吐魯番即面對塔克拉馬干沙漠的交通要衝，是相當繁榮的城市。從中國貫穿中亞的絲路，經過新疆維吾爾自治區東部的哈密，往西到達吐魯番，街道一分為二。包括圍繞天山山脈北側的天山北路，以及環繞天山山脈南側的天山南路。

天山北路繞過波可達山脈，到達烏魯木齊。沿著街道，經過烏蘇，迂迴婆羅科努山脈，然後沿著伊犁河上溯到達伊寧。如果再沿著街道往西走，就會越過和哈薩克交界的邊境。而天山南路則經過吐克森回族自治縣耶青，到達沙漠城市克爾雷。克爾雷也是鐵路的終點站。

沿著天山山脈的山麓，經過塔克拉馬干沙漠，再往西走，就會經過倫泰、庫恰、亞克斯等城鎮，然後到達塔克拉馬干沙漠西端的城市卡修加爾。

卡修加爾是東西貿易交通的交叉點，從這個城市往北走，會到達吉爾吉斯共和國，往西走可到達塔吉克共和國及阿富汗，往南走則可到達印度、巴基斯坦。

吐魯番是天山北路與南路的分歧點，所以，北京方面也相當重視。

穿著傳統服裝的阿布德，從懷中掏出羊皮包袱擺在桌上。打開包袱，拿出一張地圖。帕爾哈提、阿姆敦和劉進等人看著桌上的地圖。

地圖上畫的是吐魯番郊外陸軍基地的詳細建築圖。包括軍營、士官用宿舍、訓練設施、餐廳、零售店、管理大樓、司令部大樓、通信設施、自家發電設施、變電設施、防空雷達陣地、防空陣地、武器彈藥庫、衛兵的辦公室、防空設施、練兵場、軍用車輛停車場、保養修理廠等建築物，還有用地內下水道和排水溝、埋在基地周邊的地雷、鐵絲網、監視塔等位置，都畫得一清二楚。

「這傢伙真厲害。」

劉進吹著口哨。

「不過，從哪兒得到這麼詳細的地圖啊？」

馬立德很訝異的問阿布德。

「我們有人在軍中臥底，從資料庫裏順利拿出來。而且還加上最新情報。」

「有這個，好比有一百萬人力似的。」

齊恆明也點點頭。

「我們有事要請你們幫忙。」

阿布德看著劉進等人。

5

吐魯番　駐屯地・獨立第84旅總部　〇七〇五時

軍營空地上的裝甲運兵車發出高亢的引擎聲，轟然作響。軍樂隊開始演奏雄壯的愛國進行曲。

吉普型的四輪傳動的指揮車帶頭，十幾輛裝甲運兵車排成一列縱隊前進。裝甲運兵車後面跟著滿載兵隊的蓋著篷子的卡車。最後則跟著幾輛大型拖車。

還未鋪設好的道路，因爲車輛奔馳而揚起滾滾沙塵。和軍樂隊一起留守在正門前廣場上的部隊士兵們，排列整齊的目送討伐隊離去。

旅長陶上校手臂交疊，從司令部的窗子向外看著出發的討伐隊。

從昨晚到今天早上陸續接到報告，說在第84旅管轄區內，反政府游擊隊攻擊通信設施以及天線設施等相關的軍事設施。

於是立刻派遣連隊規模的分遣隊討伐游擊隊。根據報告，游擊隊幾乎都集結在托克遜的西山間部，因此急忙派遣先遣部隊，同時命令摩托化大隊前往討伐。

「旅長，接到來自烏魯木齊、新疆維吾爾軍區司令部的緊急電報。」

通信官大聲的報告著。陶上校回頭看他。

「好，趕緊報告。」

旅參謀長的顧中校、團長尹中校以及參謀幕僚等人擠滿整個司令部室，全都看著通信官。

通信官手上拿著電報，大聲朗讀。

「新疆維吾爾軍區司令員致電旅總部。〇六〇〇時，新疆維吾爾軍管區全區的反政府分子以及附和這些人的居民，表現出不穩的動向，所以進入戒嚴狀態。從昨天晚上到今天早上天亮之前，似乎有敵方的反政府分子砲轟以及炸彈示威攻擊石河子、瑪納斯、克拉瑪依、烏蘇各城鎮，損害情況不明。幹線道路、橋樑遭到破壞，無法通行。面對這些破壞，軍區司令員決心鎮壓，命令軍區各地區司令員，只要接到游擊隊情報，就要立刻出擊，攻擊反政府游擊隊，加以殲滅……。」

參謀幕僚面對攤開在桌上的作戰地圖，相當於敵人記號的紅點陸續擴大。陶旅長看著地圖。

「……這是以上的內容。要不要回電呢？」

情報官詢問旅長的指示。

「回電我們了解了。同時報告整個吐魯番軍區敵人游擊隊的活動相當頻繁。」

「了解。」

情報官敬禮後回到隔壁的通信室。陶旅長看著顧參謀長：

「參謀長，你對這個狀況有何看法？」

「華南戰線和東北戰線的敵人打算採取佯攻作戰，所以，才會同時展開游擊隊活動。也許想擾亂我們吧！」

「為何要擾亂我們呢？」

「大概是想要牽制蘭州軍區的兵力，避免派遣到華南或華北吧！」

陶上校思索著。

當時華南戰線處於劣勢。台灣戰線的同志登陸，但是敵人的抵抗頑強，日本等聯軍支援台灣軍，因此戰況陷入膠著。很難保持海峽的制海優勢以及制空優勢，而且也很難補給登陸台灣的部隊。

這時瀋陽軍的活動頻繁，多次與北京軍展開小規模衝突。根據情報顯示，美日兩軍要開始軍事支援瀋陽軍。

爲了挽回戰局，北京軍事委員會立刻將蘭州軍管區的第47軍軍主力的四個戰鬥師以及一個坦克師派往東北戰線，而成都軍第13軍也決定派四個戰鬥師和一個坦克師到華南戰線。

因此，新疆維吾爾軍區不可能有來自蘭州軍管區的增援，必須靠著現有兵力維持廣大的新疆維吾爾自治區全境的治安。這時新疆維吾爾自治區最深部的邊境附近游擊隊活動頻繁，人民解放軍忙於鎮壓。對方屬於新疆維吾爾民族解放戰線。

游擊隊等人受到人民解放軍的攻擊時，會立刻越過邊境，逃向塔吉克、哈薩克或險峻的山地，令人民解放軍無法繼續追趕。

戰火從國境地帶逐漸蔓延到首都烏魯木齊，火花甚至飛濺到吐魯番軍區。游牧民族也展現出不穩定的動向。

陶上校心想這是一個機會。

想起了新疆維吾爾軍區司令員周少將痛苦的表情。平常周司令員根本不把陶上校放在眼裏，好幾次為了鎮壓游擊隊，兩個人意見相左。周司令員為了控制維吾爾人的反抗，認為應該採取獎勵和懲罰的政策，而不採用陶上校所主張的壯士斷腕的鐵拳政策。

要壓抑住人民的反抗，只有讓他們害怕。讓他們害怕，才能夠消除他們的反抗意志。即使周司令員的軍政有效，但是，無法長久持續下去。

陶上校經常把這個意見提報北京總參謀部，這一次的游擊隊事件是個非常好的機會，可以證明自己所主張的鐵拳政策是正確的。

「即使是小規模的游擊隊活動，也要徹底加以擊潰。一定要在烏魯木齊軟弱的司令員及其同僚的面前展現出84旅的實力。」

陶上校對顧參謀長和尹團長這麼說。

「現在派出偵察隊，調查敵人的本隊到底在何處。」

「敵人的本隊？這個地區有這種大規模的游擊隊嗎？」

「根據情報顯示，由屋拉塔尤夫族長所率領的游擊隊已經潛入了山間部。」

「屋拉塔尤夫？是什麼人啊？」

「維吾爾人的長老，不是什麼勇猛的男子。以前是人民解放軍二等兵，現在是盜賊的首領。」

「軍隊的規模呢？」

「最多二、三百人。」

「沒什麼了不起嘛，連隊規模的游擊隊而已。」

陶上校嗤之以鼻，看著吐魯番周邊的敵人標記。

「但是，今天早上的攻擊看起來很有組織性。」

吐魯番東方約一百公里的城鎮駐屯地，昨天深夜受到迫擊砲攻擊，軍營遭到破壞。分遣隊遭到數名不明的敵人夜襲，死傷人數很多。爲了救援分遣隊，趕緊派遣一個連隊到當地去。

而吐魯番西方五十公里處的托克遜城，一大早就受到襲擊，公安的辦公室全都被破壞了。

安置在托克遜的守備部隊傳來報告，說在托克遜郊外遭遇到大規模游擊隊的攻擊，要求趕緊派遣增援部隊前往。因此立刻派出兩個摩托化部隊的連隊出擊。

先前的通信官出現在通信室的出入口。

「旅長，又接到緊急電報。」

「是什麼？」

「來自鐵路警備隊的救援要求。三處鐵路的橋樑遭到爆破，被迫停在鐵橋前的運輸火車受到游擊隊攻擊。」

「什麼！地點在哪裏？」

陶旅長看著地圖。通信官告知受到攻擊的地區。參謀趕緊在地圖上標上紅色記號。

「到各現場的距離有多遠？」

「第一現場在東邊七十公里。第二現場在東邊一二〇公里，第三現場則是再往前走一六〇公里處。」

「派討伐隊到第一現場，要花多少時間？」

「如果摩托化部隊全速前進，大約要三小時。但是路況不佳，也許要花五個多小時。」

參謀軍官回答。

「沒辦法，立刻派遣救援部隊趕往第一現場。」

「了解，那第二現場呢？」

「第二現場附近應該有我方同志才對。」

「信香郊外有我們的第一中隊。約在第二現場西方二十公里處。」

「那麼趕緊派第一中隊到第二現場。」

「知道了。派第一中隊到第二現場。接著要如何處理第三現場呢？」

「在一六〇公里遠的地方，哈密的分遣隊情況如何？」

「如果派哈密的分遣隊趕過去，距離超過三百公里。」

參謀長回答。陶旅長露出痛苦的表情。

「趕過去就太遲了，敵人已經逃走了。好吧，參謀長，就要求空軍司令部派出直升機部隊吧！」

「直升機全都出動趕往其他的戰鬥地區了。先前我方部隊出動之前，就已經先派出直升機部隊了。」

情報參謀回答。

「沒有直升機也可以。戰鬥機或轟炸機都可以，總之趕緊出動空軍軍機，從空中擊潰游擊隊。我方部隊再趕往現場殲滅敵人。」

「知道了，要求空軍進行航空支援。」

通信官跑出房間。

「尹團長，立刻命令摩托化部隊出擊。我也要去。」

「知道了。但是，旅長，整個部隊都出動了，基地只剩下警備隊和少數的留守部隊。這樣吐魯番市內的防備是否會鬆懈呢？」

顧參謀長說。陶旅長則看著尹團長。

「沒關係。游擊隊分散在各地，吐魯番市內的治安只要公安和武裝警察隊維持就夠了。我想他們還不至於大膽到攻擊基地。團長，剩餘的部隊全都出擊吧！」

「那麼，立刻出動。」

尹中校敬禮，向參謀們示意。然後率領部下快步離開司令部室。

「攻擊鐵路，想要孤立烏魯木齊。好，我就趁此機會徹底擊垮游擊隊。」

陶旅長很有自信的對顧參謀長說。

6

阿布德戴著無線機的耳機，進行通訊。窗外的竹竿上綁著天線的軟線，再將軟線從窗外拉到房間內。窗外傳來市場的吵鬧聲和維吾爾民族音樂的單調旋律，以及商人和顧客的交易聲。

「……。」

阿布德不知道對麥克風說些什麼，維吾爾人的通信員點點頭。通信士從阿布德那兒接過耳機，戴在耳上。阿布德對劉等人展露笑容，豎起拇指。

「太棒了。基地的政府軍全都出動了，那些傢伙竟然被這些假情報所騙，大概傍晚之前都不會回來。」

「好，應該輪到我們出場了吧！」

劉進對阿布德說。

「別急。等到他們走到無法立刻退回來的距離，再開始行動。」

「再一次確認作戰。」

劉進催促齊恒明和馬立德。阿布德和帕爾哈提等人也看著地圖。

「現在，基地的地圖應該都已經深印在大家的腦海中了吧！」

「但我是一個沒有方向感的人耶。」

馬立德懊惱的說。

「沒關係。我可是很有方向感喔！我的動物感覺很發達，算是天賦異稟吧！」

齊恒明很驕傲的搓搓鼻子。

「那是在上海市內。這個地方是荒野，恐怕你就沒有這種能力了吧！如果在沙漠中迷路，可能就無法活著回來了。」

「不可能。有人說我是會走路的磁石呢！」

「我知道，我知道。兩個人都安靜點。」

劉進打斷兩人的談話。

「進入基地之後，我們要進入武器庫。交給阿布德和帕爾哈提等人後，我們就可以逃走了。」

「了解，但是什麼時候進去呢？」

「是否就要馬上展開行動了呢？」

齊恆明和馬立德詢問阿布德。阿布德則微笑的看著擺在房間角落的座鐘。時針剛過上午八點。

「必須等到傍晚天黑後才要開始行動。當時敵人本隊在基地一百公里以外的地方，就算接到聯絡也無法立刻撤回。」

阿布德笑了起來。

傍晚開始作戰。劉進興奮得覺得身體在發抖。齊恒明和馬立德也露出興奮的表情。

7

聽到噴射引擎特有的聲音，我方的強擊5編隊從頭上通過。在險峻的山腰，強擊5投下凝固汽油彈，冒起熊熊黑煙。

陶旅長坐在指揮車上，用望遠鏡觀察四周的情況。山陰（山的北面）被火焰包圍住，看似燃燒過的廢墟。敵人躲藏在石造的小屋內。手下的士兵們正在焦黑的廢墟周邊搜索敵人。

「命令各排長，不要殺死殘存的游擊隊，要逮捕他們當成俘虜。詢問之後就可以知道敵人的所在地。」

陶旅長一邊看著望眼鏡，一邊大叫。通信兵趕緊對搜索隊的指揮官下達命令。

陶旅長的望遠鏡向著乾枯的河，望著架在通稱爲「紅谷」上的鐵橋。長七、八十公尺的鐵橋，中段被爆破，橋樑全都扭曲掉落河底。

鐵橋前面通往烏魯木齊的普通火車，正停在那兒。乘客們下了火車，沿著鐵道走著。鐵橋看似無法立刻修復，火車無法前進，所以乘客們只好沿著鐵路，朝著烏魯木齊前進。

烏魯木齊和哈密的鐵路局已經開出救援火車，趕往現場。但是除了紅谷之外，還有另外三處鐵橋被爆破，救援火車光是到達這兒就要花很長的時間。

畜生！難道沒有辦法收拾掉這些游擊隊嗎？

陶旅長氣得咬牙切齒。

接到原住民的通知，得知紅谷附近的山地潛伏著許多游擊隊，陶旅長立刻全速趕往該處，然而破壞鐵橋的游擊部隊似乎已經逃走了。紅谷背後的山地，高聳的山峰就像是屏風一般，即使是步兵戰鬥車或裝甲運兵車，也很難攀登陡坡。

因此，步兵戰鬥車、裝甲運兵車上的士兵，全都下車徒步爬山。但是，到了此處卻沒有發現敵人的蹤影。

在此地游牧的原住民向偵察隊報告，但是情報相當可疑，難道是爲了擾亂我方而傳出的假情報？爲了討伐游擊隊，一個旅、兩個團的兵力大約八千人，全都投入了鐵路和幹線道路的防衛工作。

「旅長，接到烏魯木齊軍區司令部的命令。」

通信兵大叫著。陶旅長很驚異的問：

「說些什麼？」

「要旅派出工兵隊，趕緊修理遭到破壞的鐵橋，讓到達哈密待機的貨物運輸火車通過。」

「我想也是這回事。已經派出工兵隊修理紅谷的橋樑。等修理好這邊的鐵橋，就會派遣工兵隊到下一個現場。你就這麼回答吧！」

「對方問何時會修理完畢。」

陶旅長回頭看著旅參謀長顧中校：

「怎麼樣，參謀長？」

「工兵隊長說，再快也要花掉明天一整天的時間。」

「不能再快點嗎？」

「必須先撤除遭到破壞的橋墩。此外，要等推土機到來才能夠趕工。」

顧參謀長，看著正在處理鐵橋橋墩的工兵隊員們。推土機是利用救援火車載來的，在此之前，必須全部用人力來進行。

「救援火車什麼時候到達？」

「預定天黑前到達。」

一名參謀軍官回答。

救援火車從烏魯木齊開來，不知道敵人會在中途展開什麼樣的破壞活動，因此要一邊檢查路線一邊前進，所以要花比平常更多一倍的時間。

陶旅長看著圍繞著橋墩殘骸的工兵們。

「光靠工兵隊還不夠。團長，也讓軍隊幫忙吧！採用人海戰術先撤去被破壞的橋墩，你認爲如何呢？」

「我知道了。搜敵工作交給第二大隊進行，叫回第一大隊支援工兵隊。」

爲了在紅谷搜敵，投入了兩個團主力大隊。

通信兵將團長的命令傳達到大隊本部。不久之後，分散在紅谷山腰的裝甲運兵車發動引擎聲開動。裝甲運兵車全都轉向旅本部，回到鐵橋旁的台地。

8

吐魯番此刻已經接近黃昏了。在沙漠中，太陽一下子就西沈了。一旦太陽下沈到西邊的山地背後，黑暗就立刻覆蓋大地。

結束了酷熱的一天，城鎮暫時熱鬧了起來。原先在家中或陰涼處避暑的人，都開始活動了。

劉進、齊恒明、馬立德三人在帕爾哈提的帶領之下，於黃昏時候展開行動，偷偷溜進城外羊毛加工工廠的宿舍。

工廠的管理者和技術者是漢人，不過員工大部分都是維吾爾人或哈薩克人，當中也有帕爾哈提的同志。帕爾哈提的同志似乎已經接到通知，安排劉進等人躲進自己的員工宿舍中。

工廠就在基地的建築物旁邊，可從員工宿舍隔著高大的鐵絲網看到監視塔和軍營、管理大樓等建築物。

帕爾哈提和劉等人躲在屋頂，用望遠鏡仔細的牢記基地的建築物位置。彈藥庫的建築物是在基地的盡頭，由小的土丘圍繞，從這兒看不到。

「時間到了，走吧！」

帕爾哈提拿著背包和槍站了起來，催促劉進等人。帕爾哈提帶頭，劉進等人在黑暗中奔跑。全都背著背包，手上拿著衝鋒槍。

沿著工廠建築物的陰暗處往前跑，到達用地一端的排水溝時，頓時聞到撲鼻的臭味。是加工羊毛時所使用的藥品臭味和羊毛獨特的臭味，還有污物的臭味全都混合在一起。排水溝的水幾乎不再流動，就像污泥沈澱在水中一樣。

「要從這個排水溝溜進去嗎？」

「是的。」

帕爾哈提說。

「喂喂，別開玩笑了。這水溝很臭耶。」

齊恒明皺著眉頭說。

「只有這個排水溝與基地的下水溝相通，只要經過這裏就可以到達基地內。」

「饒了我吧！這就像臭水溝裏的老鼠一樣。」

馬立德發牢騷的說著。

「別再猶豫不決了。」

劉進趕緊對齊恒明和馬立德說著。

帕爾哈提沿著排水溝的斜坡往下跑，劉進跟在他的身後，而齊恒明和馬立德則很勉強的跟著劉進進入排水溝底。

污泥的深度到達足踝。一走動就覺得污泥的臭味撲鼻而來。

「好臭喔！」

「不能呼吸了。」

齊恒明和馬立德在那兒發牢騷。

「安靜。」

帕爾哈提提醒劉進等人。排水溝的高度相當於一個大人的身高，穿過羊毛工廠的用地，可以看到用石頭堆起來的堤防，而在堤防處可以看到開口的缸管。缸管裏有水流出來。

帕爾哈提偷偷溜向缸管。缸管裝著鐵柵欄，似乎以前就有人在這兒動過手腳，輕易的就可以拿掉鐵柵欄。帕爾哈提爬進缸管中。從缸管流出來的污水比羊臊味稍微好一點，但卻充滿人糞和家畜的糞尿臭味。

「是誰想出從排水溝溜進去的主意啊？」

齊恆明又在發牢騷了。

「齊，是你吧！我想到的是爬過鐵絲網。」

馬立德回答。

「但是，進入掃雷區太危險了。」

劉進提出反駁。

「噓，別在磨磨蹭蹭了，快點溜進去吧！」

先行的帕爾哈提輕聲說著。

劉進等人嘆了一口氣，依序鑽進缸管。缸管中一片漆黑。

帕爾哈提打開手電筒，叼在嘴巴裏。劉等人也各自打開手電筒並叼在嘴巴裏，在充滿污物的缸管中，匍匐前進。

因爲叼著手電筒，誰都無法說話，終於安靜了下來。

慢慢前進，發現缸管有很多岔路。然後漸漸變成人無法進入的小缸管。

帕爾哈提帶頭，劉進等人則默默的在黑暗的缸管中前進。所幸各個鐵柵欄事先都已經被拿掉了。前進一個小時後，看到一個四方形如小房間般的空間。那兒的水泥牆上有可以往上攀爬的鐵梯。

帕爾哈提默默的將手電筒的光往上照。在數公尺上方有人孔蓋。帕爾哈提關掉手電筒，爬上梯子。

劉進等人從人孔蓋中觀察帕爾哈提的情況。

帕爾哈提鑽到人孔蓋的內側。

「關掉手電筒。」

劉進等人全都關掉手電筒。聽到鐵製的蓋子被掀開的聲音。終於，可以從蓋子周圍的縫隙看到一絲絲的光亮。

帕爾哈提豎耳傾聽外面的情況，然後慢慢的移開蓋子，終於打開整個人孔蓋。傳來熱鬧的談話聲和鐵鍋炒菜的聲音。

帕爾哈提靜悄悄的離開人孔蓋。接著聽到模仿蟲叫聲的聲音，這表示外面是安全的。劉進戰戰兢兢的爬上梯子，頭鑽出了人孔蓋。這地方應該是在餐廳旁邊，而建築物陰暗處有個身影向他招手。劉進將背包和槍先擺在人孔蓋外，然後趕緊往上爬，爬到建築物的陰暗處。

帕爾哈提扛著槍，觀察周邊的情況。

帕爾哈提又發出暗號聲。齊和馬也離開了人孔蓋，最後馬將人孔蓋蓋回原處。

「就是這裏。這個建築物的隔壁應該是豬圈。」

帕爾哈提沿著建築物的陰暗處往前跑。劉進等人跟在他身後。

豬圈中有數百隻豬正在那兒吃飼料。帕爾哈提跑向在豬圈一角的水場。

「在這裏換衣服。」

帕爾哈提和劉進等人一起脫掉骯髒的民族服裝。

打開自來水龍頭，用水沖洗手腳和沾在身上的污物、污水。從背包中取出人民解放軍的野戰服，趕緊換上。

雖然污物的臭味還在身上，但不像先前那麼臭了。

「走吧！」

劉進撥正少尉的襟章，對齊恆明和馬立德這麼說著。帕爾哈提也換上人民解放軍的野戰服，看起來像士兵。

「小齊，彈藥庫在哪個方向？」

劉進問。

「廚房在那裏，那麼應該是這裏。」

齊恆明直指街燈照亮的道路。帕爾哈提也點點頭。

「排隊！」

劉進下達命令。齊、馬、帕爾哈提三人扛著衝鋒槍，排成一列縱隊。

「起步，走。」

齊等人步調一致，開始前進。劉進則率領這個縱隊和他們並排前進。

走在路上，幾名衛兵在暗處抽煙，看到劉進等人趕緊站起來敬禮，劉進則輕輕的行舉手禮答禮：

「辛苦了。」

劉進緊張得汗流浹背，但還是悠閒的走著。衛兵並沒有懷疑劉進等人，目送他們離去。劉進想起映在腦海中的地圖。沿著這條路前進就會到達營內廣場。穿過廣場前面，應該會出現用土丘圍繞著的彈藥庫。

但是不能直接穿過營內廣場，必須在建築物中迂迴，否則會引起敵人的懷疑。

「小劉。」

齊恆明小聲問道。

「什麼事？」

「坐那輛車吧！」

齊恆明用下巴指著軍營旁邊的停車場。停車場停了幾輛車，都是運輸兵員用的卡車。

「坐在車上，衛兵也不會覺得奇怪。」

「好，就這麼辦。」

劉進也點點頭。齊恆明立刻跑向卡車，打開門，爬上駕駛座，消失不見了。

終於聽到引擎發動的聲音，車頭燈亮了起來。卡車慢慢的開近劉進等人走著的道路。劉進坐在助手席上。馬立德和帕爾哈提則爬上貨架。

「走吧！」

劉進開窗，對齊恆明說著。

「聽到指示就強行突破。」

劉進拉起手上衝鋒槍的滑板。

「隨時待命。」

坐在貨架上的馬和帕爾哈提也開始裝子彈。

卡車向前奔馳，轉個彎，朝彈藥庫開去。爲避免萬一，所以彈藥庫設置在距離軍營和管理大樓等建築物較遠的地方。

彈藥庫的出入口是水泥打造的，有衛兵在那兒站崗。

「慢慢前進。」

劉進下命令。卡車放慢速度來到了彈藥庫出入口前。有幾名衛兵從辦公室走出來，揮舞著紅色的燈要求停車。

齊恒明停下卡車。

藉著車頭燈的光亮，好像警備隊長的少尉舉起手來。劉進趕緊向他敬禮。

「奉旅長命令來取武器彈藥，請將武器彈藥交給我。」

「旅長的命令？少尉，我怎麼不知道有這個命令呢？」

「不可能啊！應該已經用無線電傳達命令了。你去問看看本部。」

少尉有點懷疑，於是用下巴向旁邊的中士示意。中士趕緊跑向辦公室，拿起聽筒。

「沒時間了，快點。」

「雖然你這麼說，但是有點困難。你有旅長的命令文件嗎？」

「當然有囉！」

劉進假裝在駕駛座上找尋。

「讓我看看。」

劉進拿起了衝鋒槍，對準警備隊長。

「這就是命令文件。乖乖的開門。」

隊長臉色大變。周圍的士兵們全都舉起槍。

突然，貨架傳來劇烈的槍響。衛兵全都中彈倒地。隊長全身僵硬，嚇得不知該如何是好。帕爾哈提大叫：

「攻擊，攻擊！」

這種氣氛似乎會傳染開來，劉進和馬立德也發射衝鋒槍。警備隊長少尉，身體被子彈震飛了起來。

這時警衛室也響起了一連串的掃射聲音。帕爾哈提反射性的對警衛室進行一連串的掃射。玻璃窗粉碎，中士的身體也彈開了。

「下車！」

帕爾哈提大叫，率先從卡車上跳了下來。劉進和馬立德跟在帕爾哈提身後也跳了下來。帕爾哈提跑向警衛室，拿起掛在牆壁的一串鑰匙。

跑向鐵柵欄，用鑰匙打開大鎖。

槍聲驚動了軍營，警鈴聲響起。

「劉！趕緊發射信號彈！」

帕爾哈提大叫。劉進趕緊取下腰際的信號彈，朝黑暗的星空發射。信號彈冒出鮮紅的火焰，朝著夜空飛舞而去。

馬立德和帕爾哈提打開了門。齊恆明開著卡車衝入門內。劉進也跑向已經打開的門，進去之後，帕爾哈提重新關上了門。

這時衛兵穿過營內廣場跑過來。槍聲響起，門扉附近揚起滾滾煙塵。

「攻擊！應戰。」

劉進大叫，手上拿著衝鋒槍一陣掃射。馬立德和齊恒明也加入開始射擊衛兵。彈匣空了，就立刻更換預備彈匣。

突然，咻咻的聲響劃破天空，砲彈掉落在營內廣場。黑煙四起，聽到衛兵的哀嚎。

「劉、齊，趕快奪彈藥。能裝多少就裝多少。馬負責掩護。」

帕爾哈提大叫。彈藥庫的門已經打開了，聽到這個聲音，劉進和齊恒明趕緊跑回彈藥庫。

9

紅色火焰升向天空。這就是攻擊的信號彈。

副隊長阿布德趕緊命令部下：

「攻擊！」

同時，點燃原本安置在草地上的迫擊炮。陸續發射迫擊砲彈，擊中了軍營和營內廣場，引發爆炸。軍營和監視塔馬上冒起了黑煙，燃起火焰。從營內廣場傳來了槍聲。

屋拉塔尤夫隊長叉開雙腿站在道路上，將舉起的手放下。

副隊長阿布德趕緊啓動引爆裝置。

傳來巨大的聲響，面對大馬路的水泥牆應聲崩塌，冒出滾滾煙塵。

原本照著基地的探照燈也熄滅了。照明彈從基地內發射出來，點耀天空，然後慢慢的飄落下來。把四周照得如白晝一般光亮。

煙塵消失之後，水泥牆已經完全崩落。附近監視塔的機關槍不斷掃射。

「找掩護！」

羊毛工廠的屋頂上，機關槍不斷的掃射，曳光彈拖著光尾射向監視塔。監視塔的機關槍突然沈默下來。

屋拉塔尤夫隊長高舉手槍，朝空中發射。

「突擊！突擊！」

阿布德大叫，率先衝向之前崩落的牆壁。

「阿拉，阿庫巴魯！」「阿拉，阿庫巴魯！」

聽到時起彼落的叫喚聲，許多人拿著槍、山刀、棍棒都衝了過來。

基地警備隊從軍營和管理大樓發動攻擊。

帶頭的阿布德用衝鋒槍胡亂掃射，射倒了前來迎擊的衛兵。

眾人一起奪來的軍用卡車和農耕用車子也越過圍牆的瓦礫，衝入基地內。

阿布德用預備彈匣更換空了的彈匣，命令部下應戰。部下跑到阿布德周圍，用槍攻擊衛兵，並且掩護陸續到來的人。

「目標是彈藥庫！大家跟我來！」

阿布德大叫，將槍夾在腋下，在道路上奔馳。背後響起引擎聲，卡車開了過來。

「穿過營內廣場！」

阿布德大叫，跳上卡車。部下們也全都跳上了貨架和駕駛座的階梯。坐在貨架上的民兵們，連續用衝鋒槍掃射敵人。

卡車衝破營內廣場的鐵絲網，繼續往前衝。彈藥庫的門扉已經打開，衛兵似乎正在攻擊內部。從彈藥庫這個地方，可以看到槍口冒火。

阿布德從背後攻擊衛兵。衛兵沒想到阿布德會出現，全都趁亂逃走。

這時，有人在彈藥庫門口揮手。

「是同志！開始掩護射擊！」

阿布德等人拿著衝鋒槍，朝衛兵逃走的方向胡亂掃射。而他們所坐的卡車則穿過敞開的門，進入彈藥庫。民兵們全都跳下車。

「阿布德來救我們了！」

劉進等人歡聲雷動，跑向阿布德。

阿布德看到劉進等人都沒有受傷，感到很高興。

「劉，你們盡全力進行掩護射擊。我們要沒收武器彈藥。」

「了解，了解。」

齊恒明、馬立德和劉進將槍對準警備隊進行攻擊，而帕爾哈提趕緊命令部下：

「彈藥庫已經打開了，趕緊把彈藥搬到卡車上。」

穿過打開的門，大型、小型的卡車陸續開了進來。

「快點！敵人要展開反擊了。」

「快點！」

阿布德和帕爾哈提趕緊催促著部下。民兵們將彈藥箱以及反坦克火箭彈、迫擊砲、砲彈等全都搬到卡車的貨架上。

10

四周一片漆黑。只有紅谷的鐵橋附近工程用的燈閃耀光芒，工兵們徹夜進行修復作業。

帶頭指揮的陶旅長、團長、參謀幕僚等人，一直看著工程的進行程度。這時，通信官從旅總部的帳棚慌慌張張的跑過來。

「旅長！糟糕了！吐魯番基地受到許多游擊隊攻擊。」

「什麼！」

陶旅長以及尹團長、顧參謀長等參謀，全都站了起來。通信官大聲唸著手上的報告：

「來自基地警備隊長的報告。現在基地受到多數武裝民兵的攻擊。要求趕緊派遣救援部隊。因為天色昏暗，所以敵人的數目不明，估計大約有千人的規模。敵人以迫擊砲和輕火器攻擊。基地的水泥防護牆被爆破，多輛卡車侵入。估計敵人已經侵入了武器庫，因此，警備隊請求公安部隊以及武裝警察部隊支援，以防衛彈藥庫……。」

「顧參謀長，距離基地最近的部隊是哪一個？」

「是托克遜守備隊第6中隊。」

托克遜是在吐魯番西南西約五十公里的綠洲。

「趕緊請第6中隊前往救援。通信官趕緊聯絡第6中隊長！同時請求空軍從空中支援。」

「旅長，夜間很難從空中發動攻擊，也許會誤傷自己的同志。還有，第6中隊已經被派去討伐山間部的游擊隊了。」

「什麼？」

「接到偵察機的報告，托克遜北方八十公里附近有游擊隊騎兵隊在移動，於是趕緊請托克遜的第6中隊和負責偵察的第9中隊前往討伐。大約要十小時以上才能回來。」

「這是怎麼一回事啊？」

陶旅長氣得跺腳。

從旅總部駐紮的紅谷距離基地大約有七十公里。步兵部隊要花很長的時間才能趕到，即使是摩托化部隊，在沙漠和荒漠的凹凸路面，最快也要花五個小時以上。等到達時，敵人已經逃之夭夭了。

這時，另外一名通信下士官兵從旅總部的帳棚爬坡跑了過來。

「旅長！」

通信下士官兵喘著氣，連滾帶爬似的跑到陶旅長的面前。

「接到托克遜的緊急電報。托克遜遭遇規模不明的游擊隊攻擊，已經被攻陷。留守部隊的人數很少，已經全滅。」

「什麼！」

「第6中隊已經趕緊撤回托克遜了。」

負責通信的參謀大叫：

「旅長、參謀長，趕緊回到總部來。無線電的狀況惡化。」

「陸續發生了糟糕的事情，請趕緊回到總部來。」

陶旅長用下巴示意顧參謀長和參謀們。

全都跑回了帳棚。通信總部引起大騷動。通信兵戴著耳機，對著麥克風大叫。無線電台的擴音器出現雜音，無法通信。

「這是怎麼一回事啊？」

「敵人進行電子干擾。普通的無線電全都不通了。」

「難道沒有可以使用的頻率嗎？」

「目前沒有。」

「這是怎麼一回事？」

陶旅長氣得咬牙切齒，踢飛了椅子。顧參謀長問：

「有線電如何呢？」

「有線電沒問題，不過和吐魯番基地之間的線路似乎已經被切斷了。雖然可以聯絡附近的村鎮，但是無法聯絡吐魯番以及托克遜、哈密、烏魯木齊。」

通信參謀臉色蒼白的說。

「衛星通信呢？」

「衛星通信目前不通。」

「難道沒有其他的通信方法嗎？」

顧參謀長問。

「勉強可以利用莫爾斯電碼通信。」

「好吧，就利用莫爾斯電碼吧。要和烏魯木齊和哈密的司令部取得聯絡，報告狀況，請求支援。」

「參謀長，這並非敵人以往的作法。游擊隊竟然還具備了干擾通信的高科技手段，真是不可思議。他們根本不懂得這種戰術的，游擊隊背後可能有日軍或美軍支援。該如何處理這種異常狀況呢？」

「首先要了解整體的狀況，否則無法處理。」

顧參謀長以困惑的表情，看著參謀部下們。

11

劉進抓著卡車貨架的扶手，回頭看著後面。彈藥庫爆炸，燃起熊熊火焰。距離吐魯番城已經很遠了，但是藉著熊熊火焰的光亮，仍然可以很清楚的看到劉進、齊恒明、馬立德臉上的表情。

不知道是不是誘爆彈藥，只聽到啪吱、啪吱的聲響。撲鼻的火藥臭味隨風飄了過來。

依然持續著戰爭的興奮。劉感覺自己的手和手臂不停的發抖。

這還是頭一次面臨實戰。可能已經殺死了幾個敵人，自己終於殺人了。這個事實令自己口乾舌燥。被殺死的敵兵有家人、戀人，及深愛的妻兒子女。劉對於殺死敵人有一種罪惡感，覺得胃都抽痛了。

另一方面，又有一種矛盾的想法。他發現自己殺死敵人之後竟然有一種快感。到底哪一個才是真正的自己呢？

劉進抓著扶手，抬頭看著滿天的星星。橫越塔克拉馬干沙漠的銀河，高掛在天空上。

「打算逃到哪兒去呢？」

齊恆明不安的問劉進。馬立德似乎因爲太過興奮而非常清醒，以嚴肅的表情看著劉進。

「聽阿布德說，好像要將奪到的戰利品送交同志部隊。」

貨架上滿載著從彈藥庫奪來的武器彈藥。根據阿布德的說法，一輛卡車分量的武器彈藥，可以創造兩個優秀的游擊隊中隊部隊。

奪來的武器彈藥總計有四輛卡車的量，和五輛拖拉機的量，全部的武器大約可以武裝一個大隊的兵員。

堆積戰利品的卡車和拖拉機，各自分散以二、三輛爲一單位，朝向不同的方向逃亡。其中兩輛卡車由阿布德率領，朝向西北方向前進。

卡車的車頭燈已經關掉，只能依賴星空的亮度，慢慢的在荒野上移動。維吾爾人的駕駛似乎在夜晚也看得很清楚，巧妙的操縱方向盤，避開荒地的凹凸地面。卡車不斷的前進。

前面有三、四十隻馬匹組成的騎兵隊。每個騎在馬上的人，背上都背著槍，揚起滾滾沙塵，急馳於車輛前面。

帕爾哈提和駕駛大聲的說笑。先行的卡車上則載著阿布德等人。劉進問帕爾哈提：

「還要走多久？敵人會不會追上來？」

「別擔心，敵人不會追上來。彈藥庫和燃料庫全都爆炸了。他們的汽車和裝甲車沒油怎麼開動呢？」

帕爾哈提很高興的說著。

「再過三、四小時，就可以到達我方同志集結的惡魔谷。在此之前，你們先休息一下吧！」

「惡魔谷？」

「是的。這附近的回教徒躲在很少人會靠近的險峻山谷裏修行，希望能克服惡魔的誘惑，成爲真正的回教徒。非常險峻，四周都是斷崖絕壁，敵人也不會到谷中來。來的話，就會從山崖上被加以狙擊。因此，是我們安全的秘密根據地。」

聽到帕爾哈提的話，劉進終於完全放鬆，坐在貨架的貨物上。齊恆明和馬立德也坐在貨物上。

「小劉，我們的任務到此結束了。已達成和他們的約定，現在只好拜託他們讓我們回到上海了。」

齊恆明說著。馬立德也點點頭。

烏魯木齊到上海之間的距離大約三千公里。

「是啊！但要如何回到上海呢？」

劉進不禁搖搖頭。齊恆明也嘆了一口氣。

「如果從烏魯木齊的機場坐噴射客機直行到上海，大約要四個小時。但是大概辦不到吧！」

「一到機場就會被逮捕，而且目前正在持續戰爭。怎麼會有民間客機悠閒的在上空飛翔呢？」

馬立德愕然的說著。劉進看著兩人。

「只能靠陸路了。如果開車到上海，至少要花兩週的時間。萬一中途路況不佳或是遇到盤查，就必須繞道戰場，也許要花上一個月的時間。也可能會遇到強盜或匪賊攻擊。」

「那麼坐火車呢？躲在火車裏是不是比開車更安全呢？如果順利，大約一週就可以回到上海。如果繞路，兩週就可以到了。」

「喂喂喂，烏魯木齊和哈密之間的火車鐵軌，很多地段已經被我方同志切斷。火車無法馬上通行，就算能通行，當然也是以軍事火車爲優先。即使是普通火車，也戒備森嚴。若要搭火車，必須覺悟可能相當危險。」

馬立德嘟著嘴。齊恆明則焦躁的說：

「這麼說，我們回不去囉？」

劉進安慰馬立德和齊恆明：

「在這兒爭執也沒什麼用，一定有方法的。在到達之前，我們一定能想出好方法的。」

12

突然，卡車停了下來。靠在貨物上打睏的劉進等人，被周圍的聲音吵醒。

卡車放慢速度。兩側聳立著黑壓壓的絕壁。在山崖中腰，可以看到手電筒的光亮照著卡車。

聽到維吾爾語的歌聲，駕駛座上的帕爾哈提高興的唱著歌。

「怎麼一回事啊？」

「到了，秘密基地到了。維吾爾的姑娘們唱著讚揚戰士的歌聲。」

帕爾哈提大聲回答。

「喔，維吾爾的姑娘啊！」

馬立德很高興似的。

「是啊，維吾爾姑娘很歡迎我們喔！」

齊恆明很高興的笑了起來。

劉進和齊恆明、馬立德一起打著拍子，和著歌聲。

卡車慢慢開進山谷中的廣場。周圍的岩石後面有許多洞窟，每個洞窟都可以看到蠟燭和火堆的火光。

有人從洞窟裏持著火把來到廣場。就像是一腳踏進了夢幻的星星世界似的。

「到了，各位英雄！向歡迎你們的同志打招呼吧！」

帕爾哈提大聲說著。卡車周圍湧來許多姑娘和大人小孩們。火把圍繞著卡車，每輛卡車都受到眾人的歡迎。

劉等人站在貨架上，向群眾們揮手。馬立德拍著劉進的肩膀。

「你看，好多美女喔！」

「這裏也是。哇，我好幸福啊！這可是我這一生到目前爲止最大的幸福。」

齊恆明的聲音都興奮了起來。

在火把的火光搖曳當中，看到認識的臉龐。劉進向那名女子揮手。

「小劉！小劉！是我，是我！」

耳中傳來熟悉的聲音。劉進仔細看著拿火把的女子。

「那不是小弓嗎？妳還活著！」

「小劉，我也在呢！」

北鄉弓旁邊的王蘭也揮著手。

「蘭蘭！」

劉進從卡車上跳了下來。

「怎麼一回事啊？」

「妳們不是墜機死亡了嗎？」

齊恆明和馬立德慌忙的從貨架上跳入人群當中。三人立刻撥開人群。

劉進大聲的叫著弓的名字，撥開群眾前進。對面的人退到路邊，這時弓跑了過來。王蘭則跟在她後面。

「小劉！我好想你。」

「小劉！小劉！我也好想你。」

劉進撲向小弓和王蘭，緊緊的抱著兩個人。

齊恆明和馬立德看到緊緊擁抱在一起的劉進、小弓和王蘭，只好互相聳聳肩。

「喂喂，怎麼只有小劉這麼吃香啊？」

「真是太棒了。」

劉進拍拍在那兒啜泣的小弓和王蘭，對齊恆明和馬立德說：

「別嫉妒，我們都以爲對方死了。」

在小弓和王蘭身後，出現一位美麗的維吾爾姑娘。

「我來介紹一下。」

齊恆明和馬立德來到維吾爾姑娘的面前。

「你好，英雄們。我是小弓和小蘭的朋友童寧。你們好。」

童寧用流暢的北京話向他們打招呼。看到童寧這麼美，齊恆明和馬立德都精神恍惚了起來，忘了打招呼。

「可以叫她寧寧，我們都平安無事的在這裏。」

小弓和王蘭異口同聲的稱讚寧寧。劉進則向童寧致謝。終於，群眾們退到路的兩旁，阿布德副隊長、阿姆敦、長老以及精悍的隊長出現了。

「我來介紹一下。這是新疆維吾爾民族解放戰線帕代隊的特爾剛長老和帕代隊長。」

「阿姆敦已經告訴我整個事情了，實在很偉大。歡迎這些英雄們。」

帕代隊長和特爾剛長老笑著歡迎劉進等三人，熱情的擁抱他們。

阿姆敦走近劉進的身邊：

「兄弟，我們真的對你們刮目相看。我們知道漢人也有好傢伙。從今天開始，我稱你們爲兄弟。」

阿姆敦和劉、齊、馬擁抱在一起，摩擦雙頰。

第二章　台灣ＰＫＦ發動

1

台灣東海岸・南澳海安海岸　8月25日　〇九〇〇時

俯瞰海的海安海岸的高台，全新的藍色聯合國旗幟和日章旗，以及中華民國國旗隨風飄揚。

海安海岸在蘇澳南邊二十公里處。要從海安海岸到蘇澳，可以利用沿著海岸的山邊國道或是穿過兩個長長隧道的宜蘭線鐵路。是一個非常偏僻的地區。

從高地隔著河川，對面聳立著楓樹林，可以從山麓看到南澳。被選爲著陸地點的海安海岸，是三邊被楓樹山一一九四公尺、鹿皮山一六六七公尺、飯包山一八五六公尺等中央山脈險峻群山圍繞的三角洲平地。

三面都是陡峭的山，如果敵人的飛機要攻擊在海岸登陸的聯合國ＰＫＦ部隊，則必須越過在西北一〇〇二公尺的烏帽山，然後來到被稱爲南澳北溪的深谷到達海岸部，一旦南下，從西側迂迴鹿皮山，接著進入南澳南溪到達海岸部，或者是必須從太平洋的海邊到達三角洲，只有這三條路線。

亦即，海安海岸是個易守難攻的地形。

第八設施群司令志木陸上自衛隊上校，站在高地的設施群指揮所的沙包陣地前，他正用望遠鏡看著從海灘上登陸的陸軍自衛隊ＰＫＦ派遣部隊的90式坦克和96式輪動裝甲車、89式裝甲坦克車、運兵卡車、自動迫擊砲、自行高射砲、自行防空飛彈等裝甲坦克車輛的大集團。

空中有大型直升機ＣＨ—47ＪＡ，每六架組成一編隊飛來。陸地自衛隊第二直升機團和琉球第１０１飛行隊的運輸直升機。運輸直升機部隊渡海，事前集結在琉球．與那國島的獨立第二旅第15團戰鬥團的士兵二千人，運輸到此地，這是最後一班飛機。

從黎明時分到現在，第一陣的第二旅第15團戰鬥團、第十三旅的第8團戰鬥團、第17團戰鬥團、第46團戰鬥團，總計八千人的戰鬥員，陸續登陸完畢。現在第二陣的第七師和第一師開始登陸。

中部方面隊第二旅的旅司令部設在香川縣善通寺，是前第二混合團再度編成的部隊。以第15步兵團爲基礎，再加上砲兵營、工兵營、偵察隊、反坦克隊編成的機械化戰鬥部隊。名稱是旅，但事實上卻是一個團的戰鬥團。雖是小團體，但是卻有大作用。這兒各設置了一個反坦克直升機中隊，以及運輸直升機大隊，改組編成配合緊急行動的空中機動旅。

同樣在中部方面隊的第十三旅，旅司令部位於廣島縣海田町。

爲了能夠進行全國機動支援，因此和海上自衛隊運輸船隊組合，改編成配合緊急行動的海上機動旅。

海上可以看到運輸艦ＬＳＴ「大隅」「知茶」「霜北」，還有新型運輸艦ＬＳＤ「厚見」「合歡爐」的巨大身影。

ＬＳＤ「厚見」「合歡爐」雖然是ＬＳＴ運輸艦，但是和美國海軍的霍特比島級ＤＯＣＫ型登陸艦一萬五七〇〇噸大小相同，比八九〇〇噸級的「大隅」型運輸艦大一倍，爲一萬六〇〇〇噸級的大型登陸艦。

「大隅」型運輸艦只能搭載兩艘氣墊型登陸艇ＬＣＡＣ，而「厚見」型船塢寬廣，可以搭載四艘ＬＣＡＣ。

美國海軍第七艦隊的登陸指揮艦「南山」，以及強襲登陸艦「貝勞．伍德」、船塢型登陸艦「大衛」「德國城」「福特．馬克亨利」等，進行陸上自衛部隊的登陸行動。

海灘上，「見裏」「牡鹿」「札間」等ＬＳＴ中型運輸艦擱淺，打開船首門，吐出90式坦克和裝甲車、兵員。

而在旁邊的海岸，幾艘ＬＣＡＣ發出轟隆的引擎聲登陸，90式坦克和步兵戰鬥車登陸沙灘。

剎時，海水浴場因爲非比尋常的引擎聲和轟然作響的聲音而引起騷動。

現在登陸海灘的是北部方面隊第七師第71、第72、第73三個坦克團，機械化步兵部隊的第11步兵團，以及砲兵團、防空砲團、後方支援團、工兵營、通信營、偵察隊各一，兵員六四五〇名。

車輛有90式坦克、74式坦克，計二三〇輛，87式偵察警戒車、89式裝甲坦克車、96式輪動裝甲車等，總計三四〇輛，75式自行一五五釐米榴彈砲等四十輛，87式自行高射機關砲等二十輛，90式坦克搶修車等十幾輛，總計約六四〇輛。

同樣第二陣的第一師的第1團戰鬥團、第31團戰鬥團、第32團戰鬥團、第34團戰鬥團，以及第一後方支援團，大約九千人，還有74式坦克和裝甲車輛，都藉著ＬＣＡＣ往返於海邊的運輸艦和海灘之間。

護衛運輸船團的則是在遠方的美國海軍太平洋艦隊第三艦隊的第一驅逐隊，海上自衛隊第三護衛隊群和台灣海軍護衛艦隊。

在遙遠的上空，有空軍自衛隊Ｆ—15Ｊ、老鷹戰鬥機、海上自衛隊航空隊的垂直起降機鷂式－Ⅲ戰鬥機，以及台灣空軍的F－16戰鬥機、琉球美國空軍F－15老鷹戰鬥機、F／A－18超級大黃蜂戰鬥機，各自組成編隊，進行巡邏飛行。到目前爲止，都沒有遭遇中國空軍的攻擊。

順利的展開登陸作戰。

志木司令放下望遠鏡。如果能平安無事的結束作戰，就能充分完成維修保養登陸地點的第8工兵群的任務。

「志木司令，看來似乎能平安無事的讓第一軍全部登陸。」

近藤少校所率領的第二旅第15團戰鬥團的第1連二百人，還有第8設施群六百人，一起登陸，負責護衛支援任務。

只有近藤中隊無法防止敵人大規模攻擊，但是，可以防止小規模的游擊隊或武力偵察隊的攻擊。動員整個團的戰鬥團，就足以對抗敵人的攻擊。

志木上校點頭說：

「但接下來的才是開始呢！不見得都像今天這麼順利。」

「其他登陸地點的登陸行動，不知是否也能順利進行？」

「海峽方面，西海岸的登陸地點似乎有許多敵機從對岸飛來，不過台灣空軍和聯合國PKF空軍，似乎已經加以擊退了。」

聯合國ＰＫＦ部隊的台灣登陸作戰，除了在南澳海岸進行之外，東海岸方面，在花蓮也有聯合國的ＰＫＦ部隊登陸。不過花蓮可以使用港灣設施，因此，運輸船和運輸艦可以橫渡棧橋登陸。

在花蓮有日本、澳洲、紐西蘭、加拿大四國的ＰＫＦ派遣部隊登陸，形成第三軍。後來花蓮港成爲ＰＫＦ的後方基地，補給東海岸方面的聯合國軍隊。

面對海峽的西海岸方面，有很多海灘，良港比較少，因此，能夠登陸的軍隊有限。不過，台中港、台南的安平港、高雄港三個港口，還是有聯合國的ＰＫＦ部隊登陸。

台中港距離第一戰線新竹省轄市南方大約八十公里，非常近。因此，在台灣海軍艦隊、法國、英國聯合艦隊的嚴密保護之下，法國遠征部隊和英軍登陸，成爲第二軍。

台南安平港方面，日本、德國兩軍的ＰＫＦ部隊則是在台灣海軍的護衛之下，利用運輸船登陸。日本、德國兩軍部隊形成第四軍。

高雄設有聯合國ＰＫＦ前線司令部，同時利用高雄的港灣設施，英國、法國、德國、比利時、荷蘭、羅馬尼亞、波蘭等ＥＵ各國，還有菲律賓、泰國、印尼、新加坡、馬來西亞的ＡＳＥＡＮ諸國，以及印度、奈及利亞、埃及、日本各自招募中隊規模至大隊規模的步兵部隊、工兵隊、後方支援、醫療隊等，組成了混合的PKF部隊，形成第五軍。

第一軍與第二軍、第四軍成爲聯合國PKF的主力部隊，在前方進行PKF任務，而第三軍則當成戰術預備隊，第五軍是戰略預備隊。

「只要起頭順利，一切就沒問題了。如果一開始就遇到挫折，之後就不容易挽回情勢了。」

近藤少校看著一輛正在爬坡的高機動車這麼說著。高機動車上的將官旗幟飄揚著。

「終於輪到老大出場了。」

近藤少校檢查自己的服裝儀容。旅長管教部下甚嚴。

軍人隨時都可以死，隨時都必須注意自己的服裝儀容。規律的紊亂就從服裝和態度的紊亂開始。規律紊亂，則將士的士氣低落。就這是老大的口頭禪。

高機動車停在指揮所陣地前面。作戰幕僚陸續從後方下車，最後是旅長坂元陸上自衛隊少將。

坂元旅長跟著作戰幕僚們進入指揮所的掩壕。坂元陸上自衛隊少將剃了個小平頭，小平頭上的頭髮摻雜了許多白髮。

「立正！」

陸軍士官長大喊，以立正的姿勢敬禮。

志木上校和近藤少校，以及指揮所的要員們，全都保持立正的姿勢。

志木司令、近藤少校以及幕僚們，以立正姿勢歡迎旅長。

「你們辛苦了，繼續你們的工作吧！」

坂元旅長舉手說著。

指揮所的人終於都鬆了一口氣。

志木司令和近藤少校向坂元旅長敬禮。坂元陸上自衛隊少將回禮：

「志木司令、近藤中隊長，你們辛苦了。狀況如何？」

「目前無異狀。安排在前方的偵察隊並沒有傳來發現敵軍的報告。」

近藤少校清楚的說明。坂元旅長很滿意的點頭。

「很好。登陸時是最危險的時候，還不能掉以輕心。」

「是的，了解。」

近藤少校回答。

「我們第二旅按照預定計畫，在臨時停機坪的機上待命。不久之後，第十三旅成爲先遣隊開始前進。登陸完畢的第七師要和第十三旅攜手合作，到達前線。我們的旅也要進行出擊準備。近藤少校，你的第1中隊解除支援任務，移動到臨時停機坪，在機上待命。」

「遵命。但是我們還沒接受之後的任務。」

「第一軍司令部才剛開完最後作戰會議，剛剛下達命令。」

「喔！那麼我們就到停機坪待命。」

近藤少校向坂元旅長敬禮，然後率領部下匆匆離開臨時指揮所。

「志木司令，現在才是你真正表演的時候。」

「是的，我早已經覺悟了。部下也都士氣高昂。」

志木上校非常了解？元旅長所說的事情。

第三戰線的難處在於台灣北軍布陣的蘭陽溪。蘭陽溪是蘇澳北方約十八公里處的河流。台灣南軍曾經攻到蘇澳近郊，而北軍隔著河建立了堅固的陣地，因此無法渡河攻擊。後來台灣南軍曾數次渡河攻擊，但是每次都失敗而回。

日本PKF部隊和南軍一起發動總攻擊，但是，蘭陽溪渡河的成敗與作戰的成敗有關。這個渡河作戰與志木設施群的活躍有關。

從名稱來看，工兵隊應該是悠閒待在後方，負責鋪橋、造路、建築陣地的輕鬆部隊，事實上這根本是誤解。以軍事用語來說，設施隊應該稱爲工兵隊。

工兵隊的隊員，尤其是戰鬥工兵，必須接受困難的任務。在敵我雙方互相攻擊、槍林彈雨的戰場上，戰鬥工兵必須穿過槍林彈雨的危險，跑在步兵前面，建造我方同志進攻的路線，要用炸藥引爆掃雷區或破壞碉堡，在敵前建造坦克橋。必須讓自己暴露在敵人面前，所以敵人也會攻擊戰鬥工兵。戰鬥工兵比步兵的任務更艱難，幾條命都不夠用。

「第一軍司令部有命令傳到旅總部。」

通信兵手摀住耳機說。

「喔！到底說些什麼？」

坂元旅長看著通信兵。突然，從海岸方向傳來高亢的聲音，原來是空襲警報。運用（作戰）幕僚趕緊跑到無限通信機旁，與其他軍隊聯絡。

「來自早期警戒機的通報。數個敵機編隊接近蘇澳，應該是地面攻擊機和戰鬥機編隊。」

海邊的坦克和裝甲車輛加快動作。所有的車輛都揚起滾滾沙塵，從沒有遮蔽物的海岸朝向內陸的樹林地帶前進。結束擱淺任務的ＬＳＴ也鬆開繩子，趕緊離岸。

「敵人編隊的位置和距離？」

「第一編隊方位２９５，距離七十公里，第二編隊方位３５０，距離五十公里。」

「架數呢？」

「第一編隊總計四十架，第二編隊總計五十架。」

「什麼機種？」

「都是Q5、J6、J7的混合機種。」

Q5是殲轟5型，J6是殲擊6型，J7是殲擊7型。

「到達時間？」

「第二編隊大約三分鐘，第一編隊大約五分鐘就會來襲。」

「前面有空軍自衛隊和台灣空軍迎擊。他們只能擊落未被擊落的敵機。必須小心對方的攻擊，通知全隊準備防空作戰！」

另外一位通信兵大喊：

「旅長，接到高射砲兵營長的報告，防空飛彈發射準備完畢！」

「很好，進入射程內，開始迎擊！」

通信兵傳達命令。

上空的情況突然改變。原先在那兒盤旋警戒的空軍自衛隊的制空戰鬥機F—15J老鷹，以及海上自衛航空隊的要擊戰鬥機鷂式—Ⅲ、台灣空軍的F—16戰鬥機，一同前往迎擊敵機，上空沒有任何一架我方的軍機。

「我方的軍機展開防空飛彈攻擊。」

通信員對著耳機說。

「表演時間到囉。」

坂元旅長從胸前的口袋掏出香菸，含在口中，點燃火柴，慢慢的點燃香菸。

2

艦內響起準備防空戰鬥的風鳴器。傳來組員在艦內奔跑的腳步聲。

篠塚艦長正在宙斯盾護衛艦ＤＤ１７５「妙工」的艦橋，用望遠鏡看著北北西的天空。看到我方迎擊機的機影，但是，並沒有看到敵機。

天空一片湛藍。海風平靜，但是，艦內卻瀰漫著一股慌亂的氣氛。

第３護衛隊群旗艦宙斯盾護衛艦ＤＤ１７５「妙工」，是圍繞運輸船團的半圓形陣型的中心，嚴密警戒敵軍的空軍軍機以及艦船、潛艇。

根據ＣＩＣ室的報告，敵人由台北基地等台灣北部地區的空軍基地起飛的戰鬥攻擊機的編隊，分爲通宵攻擊隊與蘇澳攻擊隊二軍。其中蘇澳攻擊隊緊逼上空。

ＣＩＣ室的擴音器傳出聲音。

「艦長，請到ＣＩＣ室。空戰開始了。我方軍機發射空對空飛彈。」

艦長篠塚海上自衛隊上校放下望遠鏡，對副艦長堤中校說：

「我到ＣＩＣ室去，這裏就拜託你了。」

「是的，艦長。」

堤副艦長回答。

「艦長，要到ＣＩＣ室。」

通話員告知艦長要到ＣＩＣ室。篠塚艦長跑下旋梯，推開ＣＩＣ室厚重的門走了進去。紅色的燈光充滿整個房間，房間內有很多的電腦螢幕。房間中央吊著巨大的電子情況表示板，台灣島周邊的海域、空域狀況一目了然。

操作員熱心的在電腦螢幕前進行操作。

篠塚艦長來到坐在艦隊司令席上的君島海上自衛隊少將隔壁的艦長席坐下。君島司令小聲說：

「艦長，中國軍和北軍終於察覺到我們的登陸作戰。先前中國軍隊只注意西海岸的登陸作戰，和攻擊東海岸的第二軍，而這一次也對我們發動大攻勢。」

篠塚艦長點點頭，抬頭看情況表示板，詢問室長折原少校：

「狀況如何？」

表示攻擊的紅色四方形標誌正閃爍著，燈光從台北附近朝蘇澳方向移動。

「根據AWACS的資料，第一編隊和第二編隊大約有七十架，從台北方向過來，第三編隊、第四編隊約有一百架，從大陸方面橫渡海峽朝台灣本島而來。」

迎擊這四個四方形標記的是四個藍色四方形標記，各自堵在編隊的面前。

「空軍自衛隊和海軍自衛隊航空隊、台灣空軍、美國空軍和海軍航空隊加以迎擊，空戰已經開始。」

「敵我的勢力比呢？」

「中國空軍約一七〇架，而我方海空自衛隊三十六架、台灣空軍四十八架、美國空軍與海軍隊二十四架，總計一〇八架。以架數來看，我方處於劣勢，但是中國空軍的主力是MiG—23的複製品J7，而我方則是F—15老鷹和F—16戰鬥號、F／A—18大黃蜂。以品質來說，我方稍佔優勢。而就防空飛彈的性能而言，我方也佔優勢。」

「但是不實際對戰，無法得知最後的勝敗，這就是實戰的殘酷。拼命的敵人驍勇善戰，也許會壓倒我方。」

君島司令很擔心的說。

「當然還不能安心。最令人擔心的是，日本、台灣、美國的混合部隊，一直溝通不良，可能會出狀況。不過，一旦敵機和敵人飛彈防空圈內，應該只能用飛彈擊落。不能讓任何一架敵機、任何一枚對敵飛彈擊中運輸船團。」

室長折原少校很有自信的回答。

突然，警報風鳴器響起。折原室長面露緊張的神情。

「艦長，接到朝露的報告，確認潛艇的位置。」

「潛艇的方位和距離如何？」

篠塚艦長不禁探頭觀望。

從今天晚上到黎明時分，已經在琉球海域發現了數艘潛艇。其中一艘被DDH「春名」以及DD「瀨戶雪」，才剛將其擊沉。

「方位140，距離二十五公里。」

「司令，該怎麼辦？」

篠塚艦長看著君島司令。

「哪一艘艦最靠近朝露？」

「山霧。」

「好。室長，下令攻擊。命令朝露、山霧兩艦長，兩艦立刻趕往現場，命令潛艇浮上來。如果對方不答應，或表現攻擊意圖，立刻擊沉該潛艇。」

君島司令斷然說著。

3

台北市·人民解放軍台灣派遣軍司令部　一一〇〇時

空襲警報斷斷續續的響著。台北街道每天一早就開始遇到轟炸或飛彈攻擊。

總參謀部派遣來的賀堅陸軍上校，面露凝重的表情，在派遣軍作戰本部來回踱步。

隔壁的通信室傳來電子聲音和無線電對答的聲音。

爲了阻止敵人登陸作戰而出發的攻擊隊，遭遇敵人的迎擊，似乎陷入苦戰。

「日本軍和聯合國ＰＫＦ的登陸作戰已經開始，先前應該取得聯絡好幾次了。

偵察衛星和潛艇隊的報告也顯示出，很多艦船從日本、菲律賓、新加坡開向台灣海域。應該已經幾次通告要嚴密警戒，但是直到今天早上爲止，沒有飛來任何一架偵察機，難道是怠忽蒐集情報嗎？我實在無法理解，有誰能說明呢？」

派遣軍參謀部的幕僚們，都不想看賀堅上校的臉。參謀長馮裕民少將則態度傲然的瞪著賀堅上校。

「雖然這麼說，但是賀堅上校，我們也非常努力啊！先前已經派出偵察機飛出去好幾次。武力偵察隊侵入前線的背後努力掌握情報，但是，每當派出偵察機時就被擊落，消息不明。潛入的武力偵察隊也消息不明。失去了海峽制海權，也無法保住航空優勢。在這種情況之下，如何探查敵情呢？

雖然無法充分應對敵人的登陸作戰，但如果登陸到我軍的佔領地，我們當然可以加以阻止。相反的，如果在敵人的支配地區登陸，我軍也就無可奈何。就算想從海上阻止，但是，南海艦隊與東海艦隊受到致命的一擊，無法動彈。而想利用轟炸阻止敵人登陸，可是我方派遣軍的航空戰力，卻因爲台灣南軍航空戰力的阻撓而減半。雖然要求北京中央趕緊恢復航空戰力，然而所補充的戰鬥機僅僅二十架，又是舊式的殲擊6型。以這樣的戰力，如何挽回戰局呢？」

賀堅上校對參謀長的反駁啞口無言。

在總參謀部聽到的戰況報告與當地的情勢完全不同。來此地之前，聽說各戰線的人民解放軍持續勝利，受到台灣人民熱烈的歡迎，持續前進。而且二、三個月內就可以解放全島。

但實際上各戰線都陷入膠著狀態，攻過去，對方又立刻攻回來，一直持續這種情況。而且失去了海峽制海權以及航空優勢，來自大陸的補給斷絕，派遣軍和北軍無法發揮作用。

攤在大桌上的情況標示板上，利用旗子和標記使敵我兵力的配置一目了然。

走廊傳來腳步聲。作戰本部室的門打開了，派遣軍司令員錢志堅上將帶著身邊的幕僚們走了進來。

參謀長馮裕民少將以及作戰幕僚全都站起來，敬禮迎接司令員。賀堅上校也向錢司令員敬禮。錢司令員答禮之後，坐在司令員席上。而身邊的幕僚們則分坐在周圍的椅子上。

「賀堅上校，你應該知道目前的狀況吧！雖然要求中央增援好幾次，然而中央的意思是要用現在的兵力解放台灣本島。擊潰華南反叛軍之後，也許兵力可以調到這兒來使用，但是中央到底以何者爲優先呢？」

錢司令員開口說。賀堅上校也表示同意：

「先前才從參謀長那兒聽到關於現況。總參謀部並沒有要選擇華南或是台灣這種二選一的優先順位。所考慮的是同時並行的重要作戰。」

「雖說如此，但實際上，台灣解放作戰目前陷入危機。應該以我方的作戰爲優先，增強兵力，否則會造成困擾。」

「我知道。關於增強兵力，回到北京之後會趕緊向秦作戰部長提出要求。」

「就這麼辦吧！否則日軍和聯合國軍隊在南部登陸之後，南軍如虎添翼，會開始反攻。到時戰況就會逆轉，不利於我方。」

這時，通信幕僚從通信室拿著電報快步走進來。

「參謀長，接到來自東部前線司令部的現況報告。」

「說來聽聽。」

馮參謀長用力點頭說。

「日軍在東部海岸的蘇澳南方二十公里的海安海灘登陸了。雖然我方空軍加以攻擊，但是遭遇敵人空軍猛烈的反擊，陷入苦戰中。」

一名參謀幕僚將敵人的旗子擺在南澳上。

「登陸部隊的規模如何？」

「根據偵察機的觀測，有兩個師的規模和兩萬人，以及一個裝甲旅規模的坦克、裝甲車輛。此外，還有軍事車輛以及兵員登陸艦。」

「空軍無法阻止對方登陸嗎？」

「很遺憾，已經失敗了。我軍受到約一百架的敵機攻擊，三分之二被擊落。我方軍機到達登陸地點，遭到艦隊的防空飛彈攻擊，損傷慘重。而攻擊敵人的登陸部隊以及運輸機的軍機，損傷也很大，已經撤退了。」

「向北京要求持續進行轟炸。讓進駐在對岸福建省的空軍，儘可能的繞到台灣來幫忙。」

「知道了。」

空軍參謀少校趕緊跑回通信室。

馮裕民參謀長看著台灣軍參謀幕僚。

「今後的東部戰線該如何是好？」

「從海安海岸到蘇澳，只能利用沿著山崖的海岸線山邊國道，或是利用鐵路通過隧道這兩種方法。翻山越嶺相當危險，而兵員、坦克、裝甲車輛也很難前進。空軍還須利用炸彈或是飛彈爆破山崖，用大量的沙土阻斷國道，直到車輛無法通行。鐵路隧道有兩個，只要破壞隧道，車輛就無法通行，然後利用空軍擊潰敵軍。」

馮參謀長看著司令員錢志堅上將：

「你覺得如何？我也覺得這個作戰方法不錯。」

「那就這麼辦吧！空軍參謀，把現在的作戰方式通知空軍司令。」

錢司令員命令身旁的空軍參謀幕僚。馮裕民少將冷眼看著賀堅上校：

「賀堅上校，你的意見如何？」

「我反對。」

「喔！爲什麼呢？」

「目前還不需要採取守勢。還未失敗，不需要後退。」

「原來如此，是這樣嗎？」

馮裕民少將看著錢司令員。

「攻擊就是最大的防禦。趁此機會讓地面部隊軍南下，趁著登陸部隊還未準備好之前擊潰他們。如果以爆破山崖、封鎖道路、破壞隧道方式，則我軍也無法前進攻擊。」

「的確如此。」

「問題在於要經過其他戰線，必須知道其他戰線的狀況。敵人只在東海岸登陸嗎？」

「情況如何？」

馮裕民少將詢問情報幕僚。

「台中、台南、高雄港，也有英國、德國、法國等聯合國軍隊的地面部隊登陸了。」

「規模呢？」

「目前無法得知正確規模，不過根據潛入當地的工作人員的回報，台中有二個機械化營的法國人部隊、一個團規模的英國機械化部隊登陸。而在台南安平港，也有一個營規模的德軍機械化部隊，以及一個團規模的日軍摩托化部隊登陸。而且立刻開始北上，投入西部戰線與中部山地戰線。此外，高雄港、花蓮港似乎也有聯合國大部隊登陸，不過當地工作人員的報告還沒有傳來。」

賀堅上校思考了一會，說道：

「敵人到底主攻哪一個戰線呢？這是主要的問題所在。如果我是對方的參謀，我想要突破東部戰線，所以要趕緊將西部戰線或中部戰線的兵力轉到東部戰線，加以強化。」

「我也贊成鞏固東部戰線的作法，但這是在有餘力的情況下才能進行。我想敵人的主攻應該是在投入機械化部隊的西部戰線。機械化部隊在平地與低矮的丘陵地帶最能發揮實力。從西部戰線和中部戰線調走兵力，支援東部戰線，也許正面的西部戰線和中部戰線變成弱點。即使能得到來自本土的航空支援，但是無法挽回西部戰線或中部戰線的戰局。」

馮參謀長側眼看著賀堅上校，對錢司令員說：

「我想，應該先確認是否要採取守勢。賀堅上校，你趕緊向北京要求增派兵力，否則即使能保持地面作戰的優勢，但卻必須採取守勢。目前轉爲攻勢。參謀長，如果沒有北京的增援部隊，以現有的兵力，可以進行攻擊嗎？」

「當然可以。對吧，陳上校？」

馮參謀長看著旁邊主席參謀幕僚的陳偉華陸軍上校。陳上校臉色凝重的說：

「老實說很困難，只能發動一次攻擊。」

馮參謀長訝異的看著陳上校：

「只能發動一次攻擊？這是怎麼一回事？」

「各戰線的彈藥和燃料不足。目前儲備的彈藥及燃料的量，至多只能發動一次大攻擊。如果沒有新的補給，我軍只能採取守勢，在台灣解放戰中會一敗塗地。」

錢司令員臉色非常難看。

「賀堅上校，趕緊向北京報告這種狀況。不光是部隊，也要請求他們補給武器彈藥等。」

馮裕民參謀長以沈重的語氣說著。賀堅上校則點點頭。

傳來雜沓的腳步聲。情報幕僚從通信室跑了過來：

「參謀長，接到日本軍裝甲部隊開始前進的情報。」

「太快了，太快了。」

馮參謀長喃喃自語的說著。

賀堅上校看著參謀長的樣子，搖了搖頭。

4

「前進！前進！」

原田連長從砲塔的車長用圓頂探出頭來，發出號令。下達號令的同時，90式坦克晃動著車身，引擎聲轟然作響，第七師第71坦克團開始前進。後面跟著的90式坦克也依序排成一列縱隊前進。

路邊面露不安神情的南澳人，目送著坦克隊出發。履帶嘎嘎作響，90式坦克巨大的車體，威力十足的往前進。伸得長長的天線前端，飄揚著小小的藍色聯合國旗幟。

原田從圓頂探出身子，看著前方的斜坡。

第七偵察隊由三十輛87式偵察警戒車、89式裝甲戰鬥車，以及十輛90式坦克組成。偵察隊的前方是騎著越野摩托車的偵察組，保持警戒，不過從這兒看不到他們的身影。

在上空，反坦克直升機眼鏡蛇組成編隊飛翔，警戒著潛入周邊山間的游擊隊。左邊聳立著陡峭的山崖，一直延伸到海邊。

道路則是沿著丘陵的山腹往上爬，沿著海岸線就像切穿山腹似的前進。道路的另一邊是浪花拍打的岩石地。兩線道的道路像是穿過斷崖似的往下延伸。

原田少校所率領的十四輛第71坦克團第1坦克連的90式坦克和二輛90式裝甲戰鬥車先行，接著是本部連的90式坦克和89式裝甲戰鬥車，其次是第2坦克連、第3坦克連、第4坦克連、第5坦克連緊追在後。七十四輛90式坦克和十八輛89式裝甲戰鬥車所構成的第71坦克團往前出發。

跟在後面的是分乘裝甲戰鬥車和裝輪裝甲車的第11步兵團的隊員。接著是第72坦克團、第73坦克團，成爲第二、第三梯團，縱列前進。

響天震地的聲音劃破山崖，驚動小鳥們，從樹林中飛走。隊員們也士氣大振。

『馬提（偵察隊）呼叫馬馬（連長）。目前無異狀。』

接到偵察隊的無線電通信。原田連長按住耳機，對著嘴邊的麥克風輕聲說道：

「了解，警戒山側斜坡。」

『了解。』

收到偵察隊的回答。

坦克隊的前進路線，事先由第十三旅的三個團的戰鬥團進行戰場掃除工作，因此能順利通過，這條路線非常安全。但正值實戰，到底會發生什麼事情，誰都不知道。也許一小時前很安全，但不能夠保證現在也很安全。

原田拉起防風鏡，抬頭看著天空。炙熱的陽光撒向大地，天空一片湛藍。並沒有看到敵人空軍的軍機，應該是被我方的迎擊機擊退了。

『連長，要以目前的狀況衝到台北嗎？』

內部對講機傳來駕駛三木下士的聲音。

「是的。但是前面可能有敵人等著我們，無法順利到達台北。」

『連長，應該在台灣海峽擊潰中國那傢伙。徹底擊潰他們，讓他們無法橫渡海峽過來。』

砲手高松上士利用內部對講機說著。

「你這樣的精神啊，遇到敵人時再使用吧！」

原田笑著說，然而他也非常興奮。

一開始繞過山時，可以看到東澳的村落以及小小的港口。東澳的居民戰戰兢兢的來到路邊，表情僵硬的看著大坦克隊。

穿過東澳村落，沿著山邊道路前進七、八公里，到達目的地蘇澳市。與在這兒等待的台灣南軍會合，不能休息，必須立刻趕到前線。

原田的腦海中，不斷思索著來自團本部的作戰命令。

作戰名「台灣之風」。最大的戰場是蘭陽溪渡河作戰。

國道在蘇澳一分爲二。沿著海邊的道路，通過蘭陽溪河口的東港，另外一條則是通過羅東，渡過蘭陽溪到達宜蘭。

不管哪一條道路，架在蘭陽溪上的橋都已經遭到破壞。那時南軍作戰失敗，爲了阻止敵人北軍進擊，因此爆破了兩條橋，以及並行的鐵路的鐵橋。

所以，必須在蘭陽溪河岸的某處建造渡河地點。我方所認爲的渡河地點，敵人一定會進行重點配備，可能會發生激戰。

因此，作戰要避開這些激戰地，由機動部隊攻擊對方的弱點，然後再來渡河。同時空降部隊深入敵後，和渡河的機動部隊一起從背後攻擊敵人的陣營。當敵人造成混亂時，本隊的主力再突破正面的敵人，一口氣衝到前線。之後一直線的進攻宜蘭市，這是第一階段的作戰。

佔領宜蘭之後，本隊分為兩路，一路越過中央山脈，目的地為台北，另一路沿著海岸的道路前進，目的地為北軍的要害基隆，進入持續攻擊的第二階段。這就是大致的作戰計畫。

一架接著一架的台灣空軍戰鬥轟炸機，從頭上低空飛過。終於要展開蘭陽溪渡河作戰了。

5

琉球・與那國島　一八〇〇時

西方的天空掛著鮮紅的夕陽。聳立在島中央的山被染成一片紅色。

上空不斷響起引擎聲，低空盤旋的C—1中型運輸機，像是要著路似的低空掠過。跑道的燈照亮了與那國機場的跑道。臨時停機坪的草地上，C—130H大力士以及C—1中型運輸機整齊的排列著，稍做休息。

整個樹林瀰漫著亞熱帶特有的潮濕空氣。歸巢的倦鳥在樹林間鳴叫著。

陸軍自衛隊第一空降旅第一步兵群第一中隊長伊藤正則陸軍自衛隊少校，從高地俯瞰與那國小學的校園，深呼吸。明天就要開始實戰，也是考驗以往忍受嚴厲訓練的成果的時刻。

奇怪的是並不恐懼死亡。雖然並不是說想死，但是卻覺得爲了任務，就算死也無所謂。掏出香菸點燃，白色的煙霧冉冉升起，消失在黃昏的黑暗中。

校園中有著大大小小的帳棚。帳棚全都架著迷彩網，利用帶有葉子的樹枝或草木僞裝。

第一空降旅其旅本部在千葉縣船橋市，旅本部以下，以第一步兵群（群本部、群本部連、三個步兵連）爲基礎，各有一個反坦克隊、工兵隊、管理連、降落傘檢修連，與第二空降旅並稱爲陸軍自衛隊最強的戰鬥部隊。

第二空降旅，是從第一空降旅衍生出來的新設空降旅，旅本部設置在琉球名護市。以第二步兵群爲基礎，與第一空降旅的編制大致相同。

一起爬上山丘的中隊運幹大竹一尉，臉上帶著興奮的表情說：

「中隊長，終於要開始作戰了。已經做好萬全的準備了，隨時都可以出發。」

運幹（運用訓練幹部，中隊主任參謀）是當中隊長有事無法指揮時，成爲主任參謀，代替中隊長進行指揮。

「從明天開始，可能好幾天都不能睡覺了。現在你先好好睡一覺，也要讓部下有足夠的睡眠。」

「是的。我已經告訴他們了，但是他們都興奮得睡不著。畢竟是第一次實戰，大家都很興奮。」

從明天開始，低空降旅必須待命，隨時出擊。在附近的沙包陣地上，扛著槍的步哨嚴密的警戒著周圍的樹林。不知道哪兒會潛藏敵方的人。

掛在脖子上的無線通信機微微震動。伊藤少校按下無線機的通話鍵。

『伊藤少校、大竹上尉，請趕緊回到本部。』

「知道了，馬上去。」

伊藤少校對著麥克風簡短回答。

「終於要進行最後的作戰會議了。」

大竹上尉非常的興奮。伊藤也有同樣的心情，但是勉強壓抑住自己，不想在部下面前漏氣。

伊藤和大竹上尉通過步哨身邊。步哨看到兩名長官，立刻敬禮。伊藤和大竹上尉答禮，然後跑下小徑。

6

高雄　臨時總統府總統辦公室　8月26日　晚上八時

街上擠滿了歡迎聯合國ＰＫＦ部隊登陸的人群。透過辦公室的窗戶，可以聽到外面吵鬧的聲響。甚至還聽到鞭炮聲。

李登輝總統坐在扶手椅上，側耳傾聽從遠處傳來的歡呼聲。

電視實況轉播聯合國ＰＫＦ的各國部隊登陸高雄。

士兵們配合軍樂隊的進行曲，排列整齊的行進於高雄街道上，聯合國旗幟與各國國旗飄揚。沿街都是高興的市民，歡聲雷動，抱著聯合國軍隊的士兵或是向他們撒花瓣，甚至從高樓大廈的窗子撒下紙花。

聯合國軍隊的士兵最初覺得有點困擾，但慢慢的就露出了笑容，揮手呼應他們的歡呼。就像是凱旋歸來的隊伍一樣。

李登輝總統站了起來，看著微暗的窗外。從高雄市政府可以看到，聯合國軍隊的士兵們從停泊在高雄港錨位的客船和運輸船走了下來。

「總統，請不要靠近窗邊。」

護衛官趕緊跑到站在窗邊的總統身邊，抓著總統的身體，將他拉到窗簾後面。

「我突然忘記了。但是，連瞧一瞧外面也不行嗎？」

李登輝總統苦笑著點了點頭。情報部接到情報，聽說有人計劃暗殺總統。北方的傀儡政權認爲李登輝總統的存在會造成阻撓，派出殺手混入多數難民中，而且已經來到高雄了。因此李登輝總統的身邊，戒備比以往更爲森嚴，護衛官隨時在身邊保護。最近不能自己一個人到街上散步，甚至不能離開臨時總統府一步。

門打開了。秘書官探頭進來：

「聯合國的PKF司令官江鄉．納里爾將軍即將來訪。」

李登輝總統點點頭。就在秘書官走出去時，行政院長呂玄、參謀總長朱孝武、國防部長謝毅、輔佐官錢建華、外交部長薛德餘，全都快步走進辦公室。

前一刻，行政院院長呂玄還在召開內閣臨時會議。但是臨時中斷，準備歡迎聯合國PKF司令官來訪。

行政院院長呂玄向李登輝總統報告：

「總統，真是太好了。登陸的日軍進入蘇澳，與我軍會合趕往前線。」

「是嗎?登陸時是不是遭到敵人攻擊?日軍的損害如何?」

「好像很輕微。日本空軍和我們台灣空軍、美國空軍互助合作，擊落了大半的北軍空軍和中國空軍的攻擊機，已經將他們趕走。而且我們的空軍還向北軍基地發動攻擊。」

秘書官推開門：

「聯合國PKF司令官到了。」

這時帶著一大堆幕僚，穿著印度陸軍軍服的壯碩男子，大步的走了進來。臉頰和鼻子下面留著黑色的鬍子，頭上纏著頭巾。戴著圓形金邊眼鏡的將軍，臉上浮現笑容，走近李登輝總統的身邊。

「您好。納里爾司令官。」

「這麼久才來拜訪，真是不好意思。我昨天就已經到了，今天才來拜訪您。」

李登輝總統緊握著納里爾司令官的手：

「原本應該我們到聯合國軍隊司令部去拜訪您才對，真是非常失禮。」

「不必這麼在意。我們非常了解李登輝總統目前的狀況。」

接著，納里爾司令官和行政院院長呂玄等閣僚們打招呼。李登輝總統也向陪同納里爾司令官前來的各國幕僚們打招呼。

李登輝總統用日文和日本幕僚交談：

「你是自衛隊的人嗎？」

「總統，能見到您，真是我的光榮。我是航空自衛隊參謀部運用（作戰）科派來的空軍中校大伴猛彥。」

「受到貴國照顧，真是非常感謝。」

「貴國遭遇國難，我們由衷的表示同情。新城作戰部長也要我向總統致意。」

「新城克昌海上自衛隊少將嗎？我記得他。聽說我的特別顧問劉仲明少將和新城先生關係很好。特別顧問劉仲明給予新城先生極高的評價呢！這一次滿洲共和國、華南共和國、台灣共和國三國同盟的成立，聽說就是新城先生在暗地裏推動的。請你一定要向他表示我的謝意。」

「我知道，我會把總統的話告訴新城先生的。」

行政院院長呂玄對李登輝總統說：

「總統，司令官想要說明一下聯合國ＰＫＦ部隊的進駐概要。」

「喔！好，我也想聽聽看。」

李登輝總統看著納里爾司令官。納里爾司令官輕咳了一聲，攤開副官所帶來的地圖：

「總統，那麼先說明一下登陸作戰的情況。」

納里爾司令官將眼鏡往上推，用手指著地圖上的高雄市的位置。

「聯合國PKF派遣軍的司令部，設置在貴國國軍在高雄的基地。先前已經透過聯合國外交部通知PKF的概要，而我想說明的是PKF部隊將遵從聯合國安全理事會的決定，以日軍爲主力，集結EU維持和平軍、ASEAN維持和平軍，以及中立國的印度、挪威、瑞典的派遣部隊，編成五軍。

第一軍以日軍爲主，包括一個機械化・裝甲師、二個步兵旅、一個步兵師、一個空降旅，總計約三萬人，軍事車輛約一千輛，並投入二百架支援軍機。日本和美國的空軍、海軍將全力支援。

第一軍投入東海岸的第三戰線，打算從東海岸趕走北軍。

第三軍則是由一個日軍步兵師，以及澳洲、紐西蘭、加拿大各一個營的機械化步兵部隊組成。總計一萬五千人，五百輛車輛。第三軍打算從花蓮港登陸，爲戰術預備軍，主要支援第二軍。

第二軍是投入第一戰線的PKF部隊，主力是EU維持和平軍，包括法國、英國部隊各兩個旅。英、法兩部隊從台中港登陸，已經趕往第一戰線，支援台灣軍。

第四軍在台南市安平港登陸。包括一個日本的師和一個德軍的旅，投入第二戰線的山岳地帶。兩師都是善於進行山地戰的部隊，和第一軍、第二軍互助合作，企圖挽回第二戰線的戰局。

在高雄登陸的部隊構成第五軍。包括英、法、德、比利時、荷蘭、羅馬尼亞、波蘭等EU各國，菲律賓、泰國、馬來西亞、新加坡等ASEAN各國，以及印度、奈及利亞、埃及、日本等國，有一個或二個營規模的步兵部隊，和工兵隊、後方支援部隊等，組成PKF混合部隊。參與的國家有二十幾個，總兵力為兩萬人。第五軍為戰略預備軍。」

納里爾司令官說完之後，看著李登輝總統和其親信們：

「當然，光靠地面部隊無法完成PKF任務。日本、韓國、澳洲、紐西蘭的空軍，各自有二、三個飛行隊擔任PKF空軍任務。而海上戰力方面，日本、英國、法國、澳洲和紐西蘭海軍，各派出了幾艘驅逐艦和掃雷挺，創設了PKF艦隊。」

「得到各國的支援，我由衷表示感激。我代表台灣國民，向聯合國以及支援我國的各國表示感謝之意。」

李登輝總統向納里爾司令官及其幕僚們深深一鞠躬。

「還有事要向總統報告。已經登陸的第一軍的日軍部隊、第二軍的英國及法國部隊，還有第四軍的德軍及日軍，各自到達前線，開始支援台灣軍的戰鬥。我想告訴您這一點。」

「是嗎？」

李登輝總統和行政院院長呂玄、參謀總長朱孝武、國防部長謝毅互相對看。

台灣能夠得到世界的同情，被聯合國視爲一個國家，這是何其幸運的一件事情啊！李登輝總統眼中含著淚水，高興的和行政院院長呂玄等人互相握手。

7

北京・中南海　8月27日　上午十一時

會議室正在舉行中央軍事委員會，但是，整個會議室瀰漫著一股凝重的氣氛。

中央軍事委員會主席江澤民黨總書記，用原子筆敲著桌子：

「秦秘書長，到底總參謀長是如何說明戰況有多不利呢？」

中央軍事委員會秘書長秦平上將，很有自信的看著黨總書記江澤民：

「總書記，戰況的確對我方不利。不過戰爭才剛開始，自從已故的毛澤東主席以來，我方軍事戰略的基本線並沒有改變。也就是採取持久戰的作法。毛澤東主席在長征戰役中，不斷的將敵人引誘到中國大陸深處，以偉大的民眾爲同志，終於獲得勝利。如果忘記了這一點，因爲小小的失敗而一喜一憂，對戰爭毫無益處。你看，以前的戰場全都在國內，而且帝國主義等列強的軍隊又蹂躪我國國土。然而目前的狀況呢？我國的領土並沒有在帝國主義等列強的佔領之下。台灣從以前就落入反動派手中，這一次的戰爭，我軍反而要登陸與他們作戰。」

「但是，東北三省、廣東省、福建省以及上海騷動，新疆維吾爾自治區、內蒙古自治區、西藏自治區等，不斷出現反政府的暴動。難道你不擔心明天可能會掀起革命嗎？」

全人代常務委員長李鵬面色凝重的說著。秦秘書長則笑著說：

「那些暴動和反政府運動，比起與日本、美國的戰爭，根本就微不足道。如果能在台灣解放戰爭中獲勝，就可以將美國和日本趕出台灣，而民族騷動也會銷聲匿跡。戰勝日本，使日本和美國屈服，那麼，民眾自然就會變得溫馴了。在此之前，當然要讓他們宣洩一些不滿的情緒。只要我們北京政府好好掌握戰況，中國就絕對不會倒。」

「雖說如此，但是東北三省想建立滿洲共和國，而廣東省、廣西省則打算和福建省一起建立華南共和國。到時和台灣一起形成三國同盟。我們能放任不管這樣的動向嗎？」

「當然不能放任不管。的確，我也聽說了滿洲共和國或華南共和國的說法。但是，只要我們在台灣戰爭中獲勝，這些動向全都會銷聲匿跡。鎮壓台灣，等於對東北三省和華南三省施壓。你想，他們還會效法台灣嗎？」

「但是，台灣的情勢並不像我們想的那麼順利。根據情報顯示，聯合國ＰＫＦ部隊已經登陸台灣了。」

總書記江澤民看著桌上的報告書，推推老花眼鏡。

「的確，由於美日的阻礙，台灣的戰況暫時不利。不過戰況暫時不利是理所當然的事情。以前韓戰時也是相同的情況，中國、北韓與韓國、美軍，就像是蹺蹺板似的，隔著三八度線進行陣地的攻防戰。補給台灣，就能壯大北軍的勢力，所以要進行大人海作戰。因此……。」

就在這時，會議室的門打開了。總參謀部的作戰幕僚慌慌張張的走了進來。幕僚快步走到秦秘書長的座位前，擺上一些文件。

「你這樣做會造成困擾。我們正在進行最高機構的會議。」

「但是，秘書長，事態嚴重，我必須趕緊通知您才行。」

「什麼事？」

幕僚在秦上校的耳邊附耳說明：

「在台灣的全戰線，南軍得到聯合國軍隊支援發動總攻擊。當地司令部要求趕緊增援，同時補給武器彈藥及燃料。」

「什麼？全戰線展開反擊？」

秦上校不禁慌了手腳。

會議室剎時一片寂靜。冷冷的眼光全都看著秦秘書長。

8

蘇澳近郊・冬山　聯合國ＰＫＦ第一軍指揮所　一一〇〇時

附近的山上傳來猛烈的砲擊聲。

聯合國ＰＫＦ日本部隊到達之後，台灣軍砲兵隊一五五釐米榴彈砲、一〇五釐米榴彈砲、二〇三釐米榴彈砲，一起展開砲轟。同時，日本陸軍自衛隊砲兵部隊的

74式自行一〇五釐米榴彈砲、自行一五五釐米榴彈砲、自行二〇三釐米榴彈砲，也對布陣於蘭陽溪北岸的北軍和中國軍隊展開砲轟。

似乎與其呼應似的，北軍砲兵陣地也發射一五五釐米榴彈砲和一〇五釐米砲、多管火箭砲。

隔著蘭陽溪布陣於南岸的南軍，與北軍陣地的距離爲二、三千公尺，而最近的地方大約只有五百公尺。因此狙擊兵非常活躍，稍微從戰壕中探出頭來，會立刻受到攻擊。雙方展開了砲轟會戰。

蘇澳市到宜蘭市只有二十五公里，蘇澳到布陣於蘭陽溪北岸的北軍陣地爲二十公里。

雙方都在一五五釐米砲、一〇五釐米砲、二〇三釐米砲、多管火箭砲等長程砲的射程內。先前，南軍砲兵隊已經連續砲轟敵人司令部所在地的宜蘭市。

因此，偵察機觀測到宜蘭市已經徹底被破壞，變成無人居住的瓦礫堆。

對北軍而言，蘇澳在射程內。北軍經常砲轟南軍軍港所在地蘇澳市，因此軍港設施徹底遭到破壞。停泊於軍港內的軍艦和運輸船都中彈，有幾艘沉沒。蘇澳市內的海軍基地受到密集的砲轟，已經變成瓦礫堆。

蘇澳市民大部分都變成難民，到市外避難，市內幾乎沒有人煙，同樣變成瓦礫街。

進駐到蘇澳市內的聯合國ＰＫＦ的陸軍自衛隊部隊，一到立刻受到中國軍隊猛烈的砲轟。不過一開始就預料到這一點，因此，並沒有停留在蘇澳市內，趕緊繞過街道通過蘇澳市。

按照預定計畫，在冬山背面的丘陵地帶布陣，並且設置聯合國ＰＫＦ第一軍指揮所。

台灣南軍的前線司令部，則設置在冬山北方五公里的羅東市。

南軍在第三戰線投入兩個裝甲旅、四個步兵師。沿著蘭陽溪南岸，從海岸部到大同爲止的三十公里，依序設立第五二步兵師、正面中央爲第十二裝甲旅、第七步兵師，同時設置第六一預備步兵師，橫渡蘭陽溪對岸，在大同附近形成與北軍裝甲部隊對峙的形態，設置了第六裝甲旅和第三步兵師。

北軍在大同附近配置了一個裝甲旅和一個步兵師，沿著蘭陽溪的北岸，好像與南軍正面對峙似的，設置了一個前第一機械化師的機械化營，以及兩個前第三一步兵師、中國軍步兵師。戰術預備隊方面，則是北軍保持了空降旅。

南北兩軍幾乎是維持相同的戰力互相對峙。

爲了支援南軍，ＰＫＦ部隊大舉趕來。南軍的官兵當然非常高興。

南軍的情報官透過懂日文者的翻譯，大聲說明情況。PKF第一軍作戰幕僚三科（作戰）長辻下直人陸上自衛隊中校，一邊聽南軍的情報將校說明情況，一邊思考著該如何走下一步。

仔細看著先前派出的無人偵察機送來的圖片，北軍的增援部隊似乎還未到達。分析偵察衛星和有人偵察機所拍攝的照片，台北和基隆的北軍後備部隊還沒有展開行動。

現在是好機會。

採用電擊的方式攻擊最有效。目前還不需要使用第二次世界大戰時德軍的電擊作戰。但若能立刻擊潰敵人，則勝利在望。

「這樣我就能充分掌握敵情了。有沒有問題？」

運用（作戰）部長真行寺陸上自衛隊上校，看著周圍的師長和團長，以及指揮官和作戰幕僚幹部們。掩壕中非常悶熱。聽到周圍有推土機在推土的聲音，工兵隊正在建造特設的掩壕。

「敵人力量最薄弱的地點是何處？」

一位幕僚發言。台灣軍情報官聽著日語翻譯的同時，用手指著攤開在桌上的作戰地圖的幾個地方，以高亢的聲音加以說明。翻譯官立刻翻成日語：

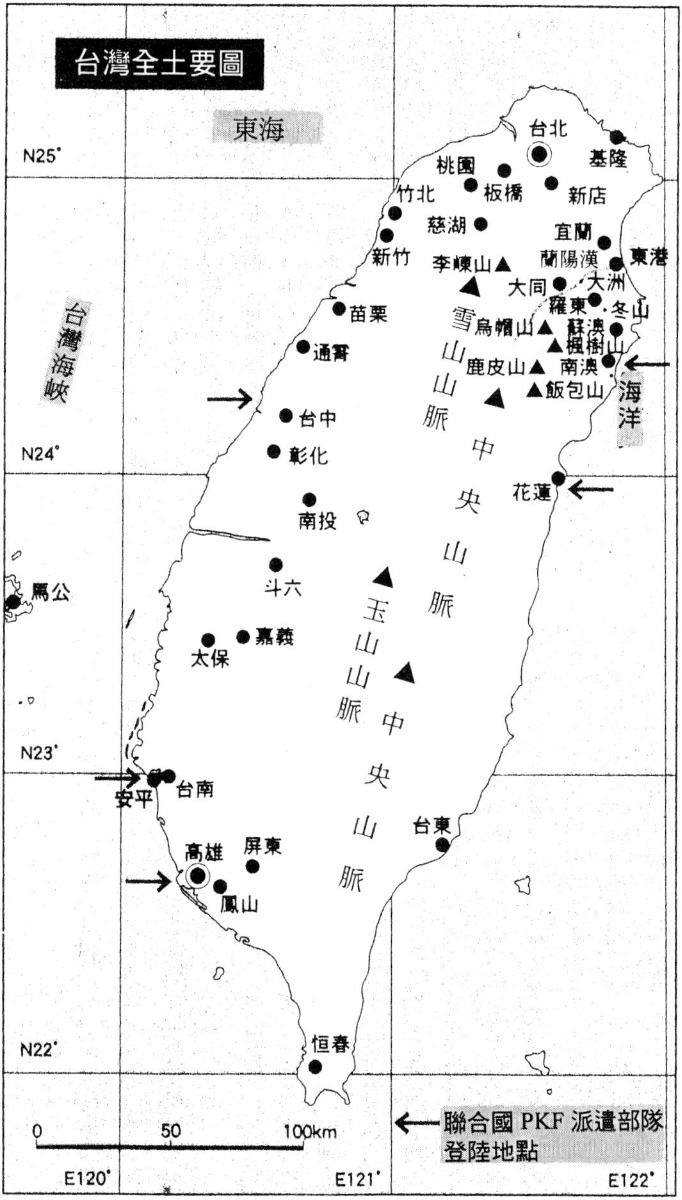
台灣全土要圖
東海
台灣海峽
海洋
N25°
N24°
N23°
N22°
E120°
E121°
E122°
0
50
100km
台北
基隆
桃園
板橋
新店
竹北
慈湖
宜蘭
新竹
李崠山
蘭陽溪
東港
大同
大洲
苗栗
羅東
冬山
雪山山脈
烏帽山
蘇澳
楓樹山
通霄
鹿皮山
南澳
飯包山
台中
中央山脈
彰化
花蓮
南投
斗六
馬公
玉山山脈
嘉義
太保
台南
安平
台東
屏東
高雄
鳳山
恒春
聯合國 PKF 派遣部隊
登陸地點

「看起來兵力薄弱的地方幾乎都在地雷區。地雷種類豐富，有對人地雷、反坦克地雷以及反裝甲車地雷。這些地點一定配備了反坦克飛彈以及反坦克火箭彈RPG—7，以引誘坦克或裝甲步兵戰鬥車中計。敵人認為必須進行塹壕戰的地方，兵力比較薄弱。」

指揮所內一陣譁然。一名幕僚發言：

「最初的作戰計畫A，是假裝要從中央正面強行渡河，但是裝甲部隊卻秘密的繞過蘭陽溪的上游渡河到北岸，同時衝入大同附近的敵陣，打開突破口。南軍的裝甲旅已經安置在蘭陽溪北岸，在大同前布陣。就算不需要強行渡河，如果能從北岸側渡河，就可以利用大同迴廊。但這地方是地雷區，如果敵人的縱深陣地在此，要從這兒突破，相當的危險。事實上，聽說南軍裝甲旅在步兵的支援之下，曾經好幾次衝入其中，但是遇到地雷區，根本無法動彈，損傷嚴重。所以不能夠重蹈覆轍，應該採用第二好的作戰計畫B。」

作戰計畫B是花點時間，再度偵察敵情，找出兵力薄弱的地點，然後再強襲渡河，打開突破口。

會議中出現贊成與反對兩派意見。原本一直沉默的辻下，舉起手要求發言。

「辻下三科長，你認為呢？」

看著辻下三科長舉手的真行寺上校，請他發言。

「我認為南軍的情報相當可信。重新調查非常費事，既然是與時間作戰，那麼應該採用電擊作戰才能獲勝。同時必須覺悟可能會受到損害，但是進攻時間愈快，我方的損傷愈少，敵方的損失就愈大。一定要記住這一點，一氣呵成的作戰方式最重要。所以我認為應該進行最初的作戰計畫A，趁著敵人還未增援時加以擊潰。現在變更計畫相當危險，只有完成最熟悉的計畫才能獲勝。」

指揮所中出現一片討論聲。

「我也贊成辻下三科長的意見。別說是在準備階段突然變更作戰計畫，到了真正要進行的階段也會引起混亂。」

真行寺作戰部長這麼說。第一軍司令官大文字陸上自衛隊中將也用力點頭。司令官支持辻下和真行寺的發言：

「作戰的基本不變，繼續進行。並且按照辻下三科長所說的立刻進行。」

指揮官和幕僚們都點頭。真行寺作戰部長立刻指派辻下說明作戰概要。

辻下中校站了起來，看著指揮官和幕僚們：

「關於『台灣之風』的作戰內容，在此我想再確認一下。首先是我們砲兵的砲轟、艦砲射擊，以及空軍自衛隊的對地攻擊，至少要積極的作戰五小時。砲轟結束後，就著手進行以第七師為主力的中央突破作戰。

按照預定計畫，第一空降旅降落到第三戰線的背後，截斷敵人的退路。第一師在南軍裝甲旅的支援下，衝入大同附近，迅速打開突破口。同時，第七師、第十三旅果敢進行正面突破作戰，開始強襲渡河作戰。南軍則與其呼應，在前線展開全面攻擊。另一方面，第二旅戰鬥團呼應第七師坦克隊的中央突破，進行突擊敵人背後的作戰，支援第七師的攻擊。追擊、殲滅敵人，同時到達第一空降旅堅持的橋頭堡，確保同地點之後，結束作戰。這是以上的內容，有問題嗎？」

一名幕僚出聲說道：

「關於敵人縱深陣地的地雷區，該如何處理？」

「集中砲轟地雷區，誘爆地雷。未爆的地雷則派出工兵隊引爆地雷。對於縱深陣地，只能一一擊潰。」

掩壕中一下子就變成一片寂靜。指揮官、幕僚們全都在思考著。第一軍司令官大文字陸上自衛隊中將凜然的說：

「好，就進行作戰計畫A。真行寺作戰部長，作戰的基本方針不變。而關於計畫的細節，就由你來進行囉！」

「是的，持續作戰。」

真行寺作戰部長用力點點頭，看著辻下。

「辻下三科長，拜託你調整計畫。」

「是。」

辻下站了起來，感覺肩上的責任相當沉重。

9

蘭陽溪南岸　大洲　第七師第71坦克團陣地　一九〇〇時

對岸連續出現猛烈的爆炸。火柱升天，沙塵、草木隨著爆風不斷的飄起。每次都會看到如雨般的砂石，落到染紅的河面。硝煙和黑煙慢慢的落到蘭陽溪的河面。

一五五釐米榴彈、一〇五釐米榴彈、二〇五釐米榴彈在敵陣中炸裂，炸掉了沙包和掩壕。

每次爆炸時，地動山搖。震耳欲聾的爆炸聲震動整個空氣。

第71坦克團第一連長原田陸上自衛隊少校，在團本部的指揮通信車上，用大型夜間望遠鏡看著對岸敵陣的情況。正面的耕地中，T—72坦克被黑煙包住，根本就看不到。

突然，噴射戰鬥機掠過頭頂。黃昏時，空中就有幾十架戰鬥機飛翔著。噴射機的編隊穿越對岸的上空，敵陣持續出現爆炸的火柱。

「接到師本部的聯絡，不久砲兵就要發射MLRS。」

通信兵用手摀住無線機的耳機說道。

「好。」

連長砂田上校在指揮通信車中說：

「擊潰敵人，片瓦不留。」

MLRS是指陸軍自衛隊多管系統自行發射機M270。收容口徑二二七釐米火箭彈十二枚的自行旋轉式發射機。備有強力裝甲防護力以及機動力，伴隨裝甲部隊，可以從最大射程三十公里處，集中投射火力。能夠瞬間控制住廣大的面積。

一枚火箭彈頭內藏六四四個子爆彈，如果一輛MLRS一起發射十二枚火箭彈，總計會有七七二八個子爆彈炸裂。其威力足以破壞六個足球場，是最新的武器。

伴隨第七師的第1砲兵團麾下的第1砲兵群第一二九大隊，配備了十八輛這種MLRS。

理論上，這一八輛發射機一起發射火箭彈，就是將一三萬九一〇四枚的砲彈投射於敵陣。威力相當驚人。

利用MLRS，短時間內就可以控制敵人所支配的地區，目的在於爲了讓空降部隊降落，事先控制降落地點。

結束MLRS的投射之後，第一空降隊降落於敵人的背後。

「原田連長，看見了。」

砂田團長叫著。指揮通信車有能夠看到各個戰場的螢幕。螢幕上正顯示著在黑暗中移動的車輛。

就像是從空中俯瞰地面的畫面。這是盤旋於敵陣上空的無人偵察機傳回的電視畫面。

「T—72坦克。在砲轟時移動。」

原田少校仔細看著畫面。偵察機慢慢旋轉，不斷的飛翔，可以從各種角度觀察敵陣。

畫面變得蒼白，這是因爲熱線映像裝置發揮作用所致。熱線映像裝置會利用坦克和人體所具有的熱以及外氣溫度的溫差識別坦克或人體，這種系統比較容易捕捉、對準目標。使用這種裝置，即使戰車躲在土中，或是利用草木僞裝車身，也能夠立刻識別出來。

原田連長緊盯著螢幕瞧。熱線映像裝置映照出散落在大地上的坦克群，總數有七、八十輛。

其中幾輛受到砲彈攻擊，爆炸後燃燒了起來。如果砲轟一直擊潰坦克，則在坦克戰就有利於我方。

「工兵隊出發。」

通信兵大喊。原田拿著夜間望遠鏡。

用望遠鏡觀看，發現許多工兵沿著河川躲藏。進行渡河作戰。開始作戰必須渡河時，工兵隊就必須搭建70式自行浮橋或90式坦克橋等臨時橋。

「原田連長，準備渡河。」

「好。」

原田連長回到坦克中。坦克的暖氣已經開始運轉。

鑽進車長用圓頂中，按下車長用熱線映像裝置的開關。看到冒出火焰的坦克。

『團長通知各連準備反坦克戰。攻擊坦克。首發命中。』

「了解，了解。」

原田發現自己興奮得發抖。

無線通信的頻道變成連的系統。原田以平靜的語氣對著麥克風說：

「通知第一連各排全車，準備反坦克戰鬥。期待首發命中。」

排長陸續回答了解。

突然，對岸敵陣的背後陸續產生大爆炸。原田看著熱映像裝置的監控器，看到前方對岸冒起了熊熊的火焰。

幾千幾萬個多管火箭彈ＭＬＲＳ的子爆彈炸裂了。

這種煙火饗宴，比尼加拉瓜瀑布的煙火更漂亮十倍以上。看到這種壓倒性的火力，原田自己都忘了呼吸。

如果自己待在中國軍的陣地，會怎麼樣呢？想到此處，就覺得毛骨悚然。子爆彈炸裂，是不可能平安無事的。現在敵人的陣地一定陷入大混亂。原田實際感受到戰爭的悲慘。

咦！不可以，怎麼可以變得這麼軟弱呢？坦克隊的連長怎麼可以這麼軟弱呢？

原田鼓舞著自己，用手拍打臉頰。

「連長，在自我鼓勵啊！那麼，我也要鼓勵自己。」

砲手高松上士用雙手劈哩啪啦的拍打自己的臉頰。原田聽到他拍打的聲音，重新湧起了戰鬥意志。

10

C—1中型運輸機在天空飛翔。從舷窗（兩側的圓窗）可以看到外面的明月。利用噴射引擎高低不平的聲音，就可以大致估計C—1中型運輸機的速度。

第一空降旅第一步兵群第一中隊的四十五名空降隊員，坐在機內兩側。全副武裝，等待降落的時刻。

伊藤正則少校閉上眼睛，將自己置身於無任何思緒的情境中。出現開始降落的指示，就要降落到敵人的背後了。雖說利用多管火箭彈MLRS徹底擊毀了降落地點周遭的數十平方公里的範圍，但也不是絕對安全。因為無法完全驅逐躲藏在地下的敵兵和躲在掩壕中的裝甲車輛。

風鳴器響起。伊藤連長啪的睜開眼睛，指示準備降落。

「不要再磨磨蹭蹭了。在睡覺的人全都睜開眼睛。敵人在下面等待我們，要一一攻擊敵兵。」

士官長大叫著，鼓勵空降隊員。

伊藤連長站起來，將鉤子勾在繩子上，以便在跳出機外的同時能夠拉開降落傘的拉繩。全部的隊員都塗著黑色的迷彩變裝。

連運幹的大竹上尉，面露緊張的神情，對著伊藤連長豎起拇指。

「互相檢查一下！」

士官長大叫。相鄰的隊員互相做裝備的最後檢查。

「平時的訓練，現在終於可以派上用場了。大家輕鬆的降落吧！」

伊藤連長用不輸給引擎聲的音量大叫。

隊員們一齊回答。風鳴器響起，擴音器傳來機長的聲音：「接近目的地上空。」同時打開機艙後方的門。聽到風的聲音。

「準備降落！」

士官長大叫，站在傾斜的升降板上。

紅燈變成了綠燈。

「跳吧！」

伊藤連長大聲命令著。

「去吧！」「去吧！」

士官長下達號令。空降隊員們排隊陸續往下跳。

輪到伊藤連長。

「跳吧！」

士官長拍他的背部。

伊藤連長毫不猶豫的跳向黑暗的空間。風壓立刻襲擊臉上。伊藤連長彎曲著身子，盡量減少空氣的阻力，避免離先前的隊員太遠，慢慢的墜落。

「一秒！兩秒！三秒！」

三秒的時間到了。好像有一隻巨大的手，將自己往上抓似的，反彈力減緩了下墜的速度。

「檢查！」

抬頭看著傘。在明月中，確認圓形的降落傘已經打開了。萬一打不開或半開，就必須拉預備降落傘桿。

慢慢的從空中往下落，離地上還有一些距離。運輸機前進的方向，飄盪著形成帶狀的降落傘的黑影。

四架吐出空降隊員的C—1中型運輸機，往山陰飛去。高射砲火如火花般，從黑壓壓的大地衝向運輸機。

拖著白煙尾飛翔的火球，是朝向運輸機發射的防空飛彈。運輸機撒出鋁箔彈雲，打出照明彈。飛彈衝向鋁箔彈雲和照明彈，陸續引爆了。

兩架在上空的C－130H大型運輸機，發出轟然巨響，飛了過來。機身後段的開口跳板門，陸續有空降隊員跳出來。第二波的降落行動開始了。跳到機外的隊員，很有規律的打開降落傘。

高射砲火如煙火般衝上來。後方上空也有兩架C－130H運輸機，吐出空降隊員。整個天空都被黑色的降落傘所覆蓋。

到達黑暗的地面。樹葉和草燒焦的臭味、撲鼻而來的煙硝臭、人體燒焦的臭味、機械油燃燒的臭味等，摻雜在一起，隨風飄來。

在著地的同時，伊藤連長在大地上滾動，馬上捲起降落傘疊好，塞入窪地，並且擺上石頭。

「連長！」

聽到隨隊上士的叫聲。

「我在這裏。」

伊藤連長從戰鬥背包中取出夜視鏡，戴在臉上。一眼看到蒼白的世界。降落到平地上的隊員，都趕緊戴上夜視鏡，陸續從周圍聚集過來。

「通信兵！」

「通信兵在這裏。」

背著通信機的隊員，跑到伊藤連長的旁邊。

運幹大竹上尉扛著槍，也跑到伊藤連長身邊。

「排長！集合。」

在暗處的排長全都跑了過來。

「排長，集合各班。點名！」

「第1排集合」「第2排！」「第3排在這裏！」

排長散開來，召集部下集合。

「到各班集合！」

班長們大叫著。

「第1班在這裏。」「第2班集合！」「第3班！不要磨磨蹭蹭了。」

這時，周圍的隊員們陸續降落，展開與降落傘的格鬥。

「全面戒備！」

伊藤連長命令部下。

抬頭看上空，還有許多兵員在空中飄盪著。MLRS已經掃除了降落地點的障礙，所以敵人的反擊較少。但是在黑暗中，還是可以聽到機關槍的怒吼聲，深怕還在上空的兵員們中彈。

兩架C－130H運輸機繼續在上空吐出大量的降落傘，然後飛走了。

「第1排，一人缺席。」「第2排，五人缺席，正在搜索中。」「第3排，四人缺席，正在搜索中。」「第4排，三人缺席，正在搜索中。」

排長報告點名後的結果。

「很好。通知連本部我們的位置！發出信號彈。」

伊藤連長命令隨連上士，上士拔出腰間的信號彈。

「發射信號彈！」

伊藤連長大叫。隨連上士發射信號彈。蒼白的光芒升向天空，這是通知第一連本部位置的信號。

「確認目前地點。」

伊藤連長要大竹上尉利用APS確認目前地點。大竹上尉取出APS裝置、夜視鏡，調查目前的位置。

「距離目標位置一公里西南。」

「好像順風。」

伊藤連長喃喃自語的說著。還在空中就發現有風，但是並沒有想到是順風。

紅色信號彈發射到天空。知道第2連的位置在東邊一公里處。

「PC要員調查狀況。」

伊藤連長看看周圍，拿掉夜視鏡。黑暗中出現一名兵員。他從肩膀上扛著的背包中取出了攜帶用筆記型電腦。掀開電腦蓋，打開電源，液晶畫面上出現影像。出現蘭陽溪河岸一帶的立體模擬地形，上面畫著敵人陣地的壍壕、掩壕、地雷區、縱深陣地等，利用線畫的方式具體的描繪出來。同時也詳細的描繪出敵我的兵力和配置、裝甲車輛的位置、飛彈陣地等標示。

使用代替滑鼠的球，移動地形以便能夠從各個角度看到畫像。可以看到山的對面，敵人部隊利用車輛移動的行列。

連PC不光是能夠連接第一軍指揮所的電腦，同時，也能夠連接偵察衛星和無人偵察機、空軍自衛隊的電子偵察機、AWACS、偵察隊、FO（前進觀測員）等，還有第一軍麾下的全部部隊。

各部隊所攜帶的PC，能夠及時掌握戰場的所有最新情報，因此作戰時，也能夠找出敵我的狀況和敵人所在的位置、規模、移動方向等資料。

第一軍指揮所的電腦系統，可以和進駐高雄的聯合國PKF司令部，以及海軍自衛隊護衛艦隊司令部、第七艦隊司令部、在日本的美軍陸軍司令部、統幕東京指揮所等交換情報。所以，就算人在東京，也能夠即時了解台灣戰場到底發生什麼事情。

畫面中央用線畫描繪出小高丘陵。山丘頂端有前線觀測所，山丘下方從西到東可以看到正在建造塹壕和坦克壕。

坦克壕前方的平地和河邊，有地雷區的標記。而塹壕背後的起伏地安置了坦克和裝甲車輛。不過，由於先前MLRS的砲轟，大半都已經被破壞了，殘存的坦克、裝甲車正朝著降落的第一空降隊攻擊。

「連長，來自團本部的消息。」

通信兵遞出耳機。將耳機貼在耳上，聽到團本部通信兵的聲音。

『來自團本部的命令。伊藤連長連與松尾連攜手合作，攻擊奪取前方光禿山頂上的敵人陣地。』

伊藤連長確認電腦螢幕中的禿山。無人偵察機的映像情報映出了禿山的狀況，同時也了解了兵員和裝甲車的情況。

光禿的山頂設有能夠俯瞰南岸河川附近的絕佳觀測所。奪取之後就變成能夠俯瞰蘭陽溪北岸的好地點。所以不論是對敵方或我方而言，都是重要的戰略地點。

「了解。確認禿山陣地。」

松尾少校第3連集結到禿山的正後方。伊藤連位於禿山的右邊，而鹿山少校的第2連則位於左斜後方。大門上尉的第4連則將兵力集合在後方。

『主攻爲松尾連，伊藤連從側面攻擊。鹿山連必須阻止敵人坦克部隊的前進。大門連要支援鹿山連，阻止從側面攻來的敵人步兵部隊。』

「了解。松尾連長進行側面支援。」

『通知伊藤連長進行正面攻擊。攻擊時刻二〇一五。』

「了解。希望攻擊成功。通信結束！」

伊藤連長和大竹上尉互相對望。在作戰會議階段就已經商量好，由伊藤連負責攻擊禿山，而松尾連進行側面援助。

但是，從伊藤連的位置來看，松尾連比較接近禿山，位於攻略路線的斜前方。所以團司令部驟然改變戰略，交替任務。

伊藤連長看看手錶，決定前進。距離禿山大約二公里，必須趕緊前進，才能趕上二〇一五時的攻擊時間。

「前進！第一連前進！」

伊藤連長用手勢指出在蘭陽溪河岸敵人陣地的方向。

因爲戴著夜視鏡，視野狹隘，但是，地形像白天一樣看得很清楚。可以看到裝甲車輛的殘骸以及被破壞的沙包陣地。

大竹上尉下達命令：

「大島班到前方擔任偵察工作。」

「大島班跟我來。」

大島上士大叫著，帶頭衝了出去。而看不到自己連位置的隊員，藉著信號彈的光芒陸續集合在一起。士官長報告：

「連長，還缺兩人。」

不能等到全員到齊了。

「好吧，稍後再和那兩人會合。連前進。」

伊藤連長大叫著。大竹上尉攤開手，做出散開的手勢。

「前進！各排散開，朝禿山前進。」

伊藤連長在連的前頭，放低姿勢跑了出去。

全員帶著重裝備，扛著槍奔跑。因爲戴著夜視鏡，所以腳下的一切比用手電筒看得更清楚。

突然，禿山對面傳來履帶的聲音以及轟隆的引擎聲。

伊藤連長做出停止的手勢。全員趴在地面上，伺機而動。

偵察隊的大島上士，用無線電通訊。

『前方的禿山山麓有烏龜、烏龜。』

烏龜是坦克的暗號。伊藤連長大叫著：

「有幾隻烏龜？」

『四隻。好像也有蟑螂。』

蟑螂指的是裝甲戰鬥車或裝甲運兵車。

『確認蟑螂有三隻。』

敵人巧妙的掩藏在掩壕中，逃過一劫。伊藤連長站起身來，用夜視鏡看著禿山山麓的草地。看到幾個挖掘草地建造的掩壕。從隆起的沙包後面可以看到一二〇釐米砲的砲塔。

T—72坦克。坦克慢慢的前行，繞過砲塔，巨大的車身出現了。砲塔朝著禿山的方向，松尾連在巨砲前面蠢蠢欲動。

「反坦克兵！準備反坦克戰鬥！」

分隊反坦克兵扛著一一〇釐米攜帶反坦克彈發射器跑了過來，隱藏在岩石後面。肩上扛著發射器，將反坦克彈頭裝入發射器中。距離五百公尺，在射程內。確認背後沒有人。

「後面沒問題。」

「好好瞄準目標。不是砲塔，而是履帶旁邊。」

「發射準備完成。」

班長上士敲著反坦克兵的鋼盔：

「好，攻擊！」

在號令下達的同時，發射器發出了閃光。彈頭冒著白煙，朝向正前方的坦克飛去。

聽到咚的爆炸聲，擊中坦克的側面。T－72坦克車身彈跳了一下。

「命中！」

「嗯！技巧不錯。」

接著，T－72坦克瞬間發出轟然巨響，揚起滾滾沙塵，車身出現在地面上。

「危險！那傢伙沒事。」

「怎麼一回事啊？」

「糟糕了。擊中了增裝裝甲板。危險。被攻擊了。」

兵員們慌忙的趴在地上。的確命中側面，履帶斷裂，所以T－72坦克開動時，履帶被留在後方。

「反坦克兵，發射第二彈！」

士官長大叫著。

坦克沒有履帶無法移動。砲塔不斷旋轉，一二〇釐米砲朝向這邊。這時聽到號令響起：

「攻擊！」

白煙飛翔。這一次命中砲塔和車身之間，震動整個空氣。

接下來的瞬間聽到咚的爆炸聲，砲塔從車身上被振飛。

光禿的山頂傳來機關聲響。主攻的松尾連遭遇正面攻擊。

伊藤連長看看手錶。

二〇一五時，開始攻擊了。

「連長，七輛坦克、五輛裝甲運兵車朝這開來！」

偵察隊一邊跑回來一邊叫著。

「反坦克兵！各自瞄準目標，攻擊！」

伊藤連長下達命令。正用夜間望遠鏡觀察環境的大竹上尉大叫：

「發現敵兵！在坦克、裝甲運兵車的背後。」

「什麼！人數？」

「敵兵大約四百人！」

從夜視鏡中可以看到和坦克、裝甲運兵車一起移動的敵人步兵。一定是砲轟時藏在地底深處的士兵。

「攻擊！攻擊！」

伊藤連長大叫。散開的兵員們一起射擊。而敵人的坦克和裝甲運兵車的機關槍也發射子彈。

坦克的砲彈在近距離炸裂，揚起滾滾沙塵，撒在伊藤等人的頭上。

「通信兵，要求砲兵支援砲轟。」

伊藤連長下達命令。通信兵趕緊對著無線機大叫：

「要求。這是第一空降……。發現烏龜、烏龜。受到攻擊。座標九三〇．三三七。請求支援砲轟。」

11

我方持續砲轟。對岸的北軍陣地，不斷的燃起爆炸的黑煙。

照明彈發射到空中，亮起白色的光，緩緩下降。是敵人打出的照明彈。

爲了對抗敵人的照明彈，我方陸續的打出煙幕彈。黑暗的煙幕覆蓋整個河面，掩護步兵們渡河。砲轟還未結束時，南軍的步兵部隊以及陸軍自衛隊第十三旅，就已經趁著黑暗和煙幕利用小艇、小船開始渡河。

蘭陽溪上游遭遇猛烈砲轟以及槍擊。而靠近海岸的下游地方也傳來砲轟以及槍聲。現在整個蘭陽溪都陷入戰鬥狀態。

一〇五釐米砲彈掠過頭上。不過與白天的砲轟相比，砲轟的時間延長，所以比較安靜。我方砲兵隊，先前利用猛烈的不加區別的砲轟與對地攻擊機攻擊，敵人砲兵隊的自行砲火已被破壞大半。

剩下的是躲藏在山間部的大砲的攻擊，或是喀萩莎火箭彈的攻擊。這個火箭彈發射的數目也愈來愈少了。

原田少校利用夜視鏡看著在夜幕籠罩中的蘭陽溪水面。根據偵察隊的調查，這附近的河底是岩盤。水深不到兩公尺。附近河川的流動緩慢，是比較寬的淺灘。

原田少校檢查安裝在車長席的通氣管。

潛水渡河訓練進行過好幾次。這一次是觀察訓練結果的絕佳機會。

90式坦克只要安裝了通氣管，就算砲塔上方浸泡在水中，還是可以潛水渡河。

到達砲塔高度的整個車身為兩公尺三十公分，所以水深只到達砲塔的高度。

不光是如此，河川的流速必須在時速十公里以下，而且河川不可以像泥地或沙地般柔軟，必須是能夠讓坦克在上面安穩行走的地形。

眼前的淺灘，完全符合這些條件。

聽到轟隆的引擎聲響。暖氣充分運轉。

『連長，還不行嗎？』

傳來操作手三木下士利用內部對講機傳來的焦躁聲音。已經待命一小時。第一空降隊已經降落到敵陣的後方。

第一空降隊降落在縱深較深的敵陣最深處的丘陵地帶，從敵人背後展開攻擊。一旦涉水渡河，將從中央突破敵陣，一鼓作氣衝到第一空降隊佔領的陣地。不能讓深入敵中的第一空降隊置身於敵人的團團包圍之下。

「再等一會兒。」

原田這麼說，但是，卻不知道指揮所在考慮些什麼，自己也很焦躁。從圓頂探出頭，觀測敵情。

正面中央有第73坦克團。第73坦克團的MBT是七四式坦克，因此，預定使用70式自行浮橋或92式浮橋渡河。

第72坦克團，打算趕到大同附近，進入蘭陽溪北岸攻擊敵人的裝甲旅，加以殲滅。而剩下的原田等第71坦克團，則打算潛水渡河，直接攻擊敵人的裝甲部隊，加以擊破。一邊追擊逃走的敵人，同時和第一空降旅前後夾擊，殲滅敵人。

『連長，熱線映像裝置好像映出了東西。』

內部對講機傳來砲手高松上士的聲音。原田回到車長席。車長席的熱線映像裝置螢幕，映出了白色物體的畫像。

範圍二〇一二公尺。白色物體放射熱線。

『放大。』

砲手席上也有熱線映像裝置。高松上士放大熱源。不光是白色物體，還有很多小的物體。小的物體是人的身軀，而大的物體則是坦克或裝甲戰鬥車。

「高松上士，是坦克沒錯。一旦渡河，一定要先砲轟，殲滅坦克。直接鎖定目標。」

『遵命。』

高松上士興奮的說。

關掉無線電。爲了不讓敵人發現，必須做好隱密渡河作戰的準備。第71坦克團、各坦克連擺出菱形陣型，躲在河岸的窪地或高地後面。等待開始進擊的指示。

突然，夜空出現白色光的信號彈，畫出弧形冉冉上升。

「好。馬馬（連長）通知全車解除無線電靜默。連，前進、前進！」

這時，原田所搭乘的90式坦克發出轟隆的聲音，率先渡河。水花四濺，漸漸走到深處。在原田後方，第一坦克連的十四輛車也濺起水花進入河中。

來自對岸的砲轟、槍擊更爲激烈。坦克隊立刻陷入煙幕中，前後左右都看不清楚了。

原田從車長圓頂探出頭，利用夜視鏡看著前方的水面。偵察隊在水深超過兩公尺的地方插著小紅旗。只要繞過紅旗，就不用擔心深度的問題了。

突然，前面的河面爆炸，水柱濺起。原田慌慌張張的躲入圓頂中，關上頂蓋。反坦克火箭彈RPG—7發射過來。因爲安裝了短條型的增裝設備，所以萬一RPG—7的彈頭直接命中砲塔，也只有增裝設備會爆炸，彈頭的能量會被彈開。

聽到我方發出的槍聲。開始攻擊敵人的步兵，步槍排已經坐在裝甲戰鬥車上，進行掩護我方同志的射擊。

「馬馬呼叫全車。注意反坦克砲。發現坦克要加以擊破。利用敵我識別裝置，絕對不要誤擊同志。」

周圍陸陸續續出現迫擊砲著彈的情況。水花四濺，持續潛水渡河的坦克砲塔也遭遇迫擊砲彈的攻擊。不時聽到子彈敲打砲塔較厚的裝甲板的聲音。

耳機裏傳來無線通話的聲音。

『馬馬（連長），這裏是馬四（四排）。發現坦克，馬四追擊坦克，同時一口氣通過渡河地點。』

「了解。馬馬呼叫馬三（三排）。馬三在原處進行射擊支援。」

第一連的坦克隊，終於渡過河的中央，而原田的車則一口氣爬上北岸的河堤斜坡。在起伏、凹凸不平的道路上，車身劇烈的晃動，全部的人都搖晃著。

原田的坦克突然停下來。

『連長！鎖定目標。』

砲手高松上士大叫著。

原田看著熱線映像裝置螢幕。螢幕上清楚的看到坦克的身影。準星對準之後，鎖定的標示閃爍著。

距離二〇〇〇。

『反坦克砲彈發射準備完成。』

「射擊！」

原田立刻下達命令。

一二〇釐米滑膛砲噴出煙霧。車內空氣一陣晃動。90式坦克相當重，但是車身剎時搖晃了一下。在發射的同時，自動裝填裝置ALS自動裝填坦克砲的砲彈。

『……命中……。』

螢幕上映出了冒著煙並且燃燒的坦克。

「好。前進，前進！能夠趕緊去幫助第一空降隊的只有我們。」

原田的90式坦克轟隆作響，朝平地急馳而去。

12

六架大型直升機CH—47JA西諾克，在夜晚的戰場上空飛行。西諾克編隊周圍由六架攻擊直升機AH—1S眼鏡蛇負責護衛。

西諾克機內載著完全武裝的第二旅第15步兵團的隊員們。近藤少校面露緊張的神情，看著第一連的兵員們。

從舷窗俯瞰下方，照明彈閃耀光輝，可以看到一大群渡過蘭陽溪河川的第七師坦克部隊和第十三旅的步兵部隊。而北軍的裝甲部隊正和他們對抗，掀起了陣地大激戰。

南軍和聯合國ＰＫＦ日本部隊對北軍發動總攻擊。

風鳴器響起。聽到機長的聲音：

『就要到達目的地。再過五分鐘，本機就要撤退。隊員們必須迅速降落。』

「走吧，你們這些傢伙！讓他們看看第二旅的厲害。」

排上士鼓勵部下們。

近藤戴上夜視鏡，從舷窗俯瞰下方。

看到黑暗的宜蘭市，幾乎所有的建築物都已經毀壞，形成瓦礫。直升機從中間高度接近城鎮。

從西諾克的機身打出紅外線假彈，這是警戒防空飛彈的措施。

整個城鎮裏，不光是大樓或建築物被破壞，連政府大樓和警察局也都被毀壞。

第七師坦克隊和伴隨的步兵部隊聚集在城鎮的一角。但是，瓦礫堆和建築物中的北軍步兵部隊，仍然頑強的抵抗第七師坦克隊，使他們無法繼續前進。

近藤少校所率領的第二旅第一中隊，將到達城市的中央廣場，從背後攻擊死守那兒的北軍，加以殲滅。

「降落！」

直升機急速下降。接近地面時，揚起了滾滾沙塵。後面的門打開了。

「出去，出去！」「降落之後趕快散開，掩護。」

上士和士官長大叫著。近藤也大叫：「跟我來。」跳下直升機。通信兵和運用幹部松森上尉跟在他的身後。

黑暗中傳來槍聲。近藤等人的腳邊揚起煙塵。運幹松森上尉一聲不吭的跌在地上。

「衛生兵！」

近藤大叫。聽到聲音，衛生兵跑了過來，但是，松森上尉已經氣絕身亡。另外一人也遭到攻擊，當場倒下。

「準備應戰！」

部下們全都朝著暗處開槍。

看不到敵人的身影。雖然知道是從半毀壞的大樓發動攻擊，但是看不到人影。

這時兩架西諾克都已經登陸，吐出了第二旅的士兵們。近藤叫喚反坦克兵。

反坦克兵肩上扛著火箭筒，對準半毀壞的建築物。

「這是最後通牒。趕緊束手投降。只等三分鐘。如果還不出來，立刻用火箭砲攻擊。」

近藤透過翻譯將這些話翻成中文。等了三分鐘都沒人出來。

「沒辦法。只好發射火箭！攻擊。」

反坦克士兵發射火箭。黑色的彈頭一下子就被吸入建築物中。發出大聲響的同時引起爆炸。火箭命中半毀壞的建築物，建築物開始崩塌。出現了崩塌的石造牆以及狙擊兵的屍體。

「第一連，集合！」「第二連，……。」「第三連，全員到齊。」……。

坂元旅長大叫：

「好，全員聽令。接到情報，敵人的司令部就在這個城市的市政大樓中。護衛隊全都上了前線，只有排規模的本部要員在此。我方將要包圍攻擊死守市政府的敵人的司令部，逮捕司令官。」

近藤少校命令已經在學校操場排好隊的第一連：

「聽到了嗎？第一連主攻，從正面攻擊。加油！」

眼鏡蛇在登陸地點周圍飛翔，用機關槍掃射潛藏在市內的敵兵。

近藤連長帶領著近藤連，朝市政府前進。

第三章　美日聯軍反擊

1

北京・總參謀部作戰本部　8月　日　一二〇〇時

作戰部長秦平上將，看著牆壁上台灣本島的情況標示板，焦躁的說：

「這到底是怎麼一回事啊？」

作戰本部剎時鴉雀無聲。參謀幕僚全都呆立在原地。

「真抱歉。」

站起來說明狀況的趙陸軍中校，先向大家道歉。

「就算你道歉也沒有用。我要說的是，爲什麼在一夜之間，台灣派遣軍全部瓦解呢？」

「是，是的。」

趙中校點了點頭。

情況標示板上顯示，西部戰線、中部山地戰線、東部戰線，昨晚的狀況全都變得非常糟糕，而且全線後退。

更嚴重的是，台灣東海岸蘭陽溪的東部戰線陷入膠著狀態。前天聯合國ＰＫＦ部隊登陸，昨晚全戰線都受到攻擊。而且剛登陸的日本軍裝甲部隊和空降部隊、直升機部隊等，進行電擊攻擊，剎時突破中央。

因此，東部戰線全部瓦解，受到追擊，沒有時間重新調整整個局面，只能持續後退，終於撤退到台北東方二十公里處。重要補給線台北—基隆之間的道路，也已經被進駐的南軍和日軍破壞的柔腸寸斷。

而西海岸的西部戰線，由於南軍得到登陸的英軍、法軍機械化部隊支援，發動大攻擊，因此北軍和派遣軍吃了敗仗。西部戰線也後退，中壢市被奪走，到了桃園市，好不容易維持住戰力。距離台北二十公里遠。

中央山地戰線也受到東部戰線、西部戰線後退的影響，受到日本步兵師和德國山地步兵師攻擊，北軍無法應戰，因此戰敗後退。現在中部戰線已經退到了新店市郊外，距離台北市內只有十公里。

「台灣是由賀堅上校直接指揮的嗎?賀堅上校在做什麼?」

作戰室長楊世明上校大聲的問。似乎是在揶揄賀堅上校是秦平上將心腹的這件事情。秦上將瞪了楊上校一眼。

「這不是賀上校的責任。因爲台灣派遣軍的作戰行動有問題，所以我才派他前往處理。他是我的參謀幕僚，不需要負責任。」

「可是賀上校到了當地司令部，結果情況變成這個樣子。難道他不能夠挽回戰況嗎？」

楊上校諷刺的說著。楊上校經常和賀堅上校對抗。秦上將似乎比較依賴賀堅上校，而非楊上校。

「有沒有接到賀堅上校的聯絡？」

秦上將詢問。

「台灣派遣軍司令部陷入大混亂，無法和賀堅上校取得聯絡。」

通信幕僚回答。

秦上將面露難看的表情。楊上校看著秦上將說：

「作戰部長，今後的對策如何？」

「問題在於如何重新調整台灣的戰局？」

「只能將增援部隊送往台灣。如此一來，不論是高雄或任何地方，就可以接近敵人的心臟地帶，進行敵前登陸作戰，從背後攻破台灣包圍網。」

楊上校在其他的參謀幕僚面前，好像吹噓自己是一個戰術家似的大聲說道。

「如果能辦到這一點，我早就這麼做了。到目前爲止，你到底是怎麼掌握台灣的戰況？沒有海峽制海權，也沒有制空權，在這樣的狀態下，如何將登陸部隊送到台灣呢？在一切都必須重新調整的狀態下，該如何進行呢？」

秦上將焦躁的說著。而楊上校也大聲的說：

「所以，首先要進行取回制海權的作戰。總動員北海艦隊和潛艇隊，攻擊、殲滅台灣艦隊和美日艦隊。同時對日本、美國進行第二砲兵的洲際彈道彈攻擊，粉碎他們的抗戰意志。策動日本、美國的左派以及反戰運動家，掀起反戰厭戰的氣氛。

如果還是辦不到，就要動用核武來毀滅高雄。或是利用核武毀滅琉球、九州的佐世保、大阪等都市。與其持續進行局面的台灣戰爭，還不如發展爲與美日兩國的全面戰爭，否則無法收拾事態。日本武士道有句格言，切肉同時也要切骨。肉是台灣，骨是日本和美國。不然是不可能挽回失敗的局面。」

秦上將微笑著說：

「楊上校，你所說的並不像作戰參謀的戰術戰略。還沒到動用核武的階段。不過你提出了一個重點。」

「什麼重點？」

楊上校感到很困惑。

秦上將看著坐在桌前的海軍上校周志忠：

「取回海峽制海權的作戰。周上校，你所檢討的那件事情，現在怎麼樣了？」

原本雙臂交疊，抬頭看著情況標示板的周上校，以嚴肅的表情看著秦上將。

以周上校爲主，組成海軍參謀幕僚特別小組，進行海軍戰略再檢討。原本海軍戰略研究小組的作用，是如何確立遠洋艦隊，確保東海和南海的海上霸權。

但是，東海艦隊、南海艦隊受到致命的打擊，因此現在要以北海艦隊爲軸，檢討如何重新建立中國海軍。

「要取回海峽制海權非常困難。」

「沒有辦法嗎？」

「也不是沒有，但是必須孤注一擲。」

周上校深深的嘆了一口氣。

「到底要怎樣孤注一擲呢？」

「萬一無法獲勝，我們只能走向失敗之路，無法回頭了。」

「喔！我們現在已經到了不能回頭的地步，早就應該覺悟到了。如果台灣戰爭獲勝，就算無法打勝日本或美國也無妨。只要我們解放台灣，日本和美國就會將其視爲是我國的內政問題，也就不會出手干涉了。所以結論是要以台灣戰爭獲勝爲第一目標。而與日本、美國的戰爭則是為了讓台灣戰爭獲勝的二次戰爭。那麼，有什麼好方法可以取回制海權呢？」

「正如楊上校所說的，應該大量啓用潛艇隊。」

「對吧？你看，我就是這麼說的。」

楊上校很得意的挺胸，看看周圍的幕僚。周上校繼續說：

「以往海戰時，我們的潛艇包括了一艘核攻擊戰術潛艇在內，總共有十六艘被美日海軍擊沈。現在海軍剩下的潛艇，有核戰略潛艇一艘、核攻擊戰術潛艇四艘、攻擊型普通型潛艇八十艘，總計八十五艘。」

「那麼，可以用於作戰的到底有多少？」

「普通型潛艇八十艘當中，有一半也就是說，五十艘已經老朽，目前停留在各地方軍港。可調動的潛艇，包括十二艘新型的噸級潛艇在內，比較新的潛艇有十八艘。」

「不是才從俄羅斯那兒購買了數艘噸級潛艇嗎？」

「是的。我方向俄羅斯訂購二十二艘噸級潛艇，已經接收十五艘了。其中三艘被敵人擊沉，現有艦數十二艘，剩下的七艘不久就可以從俄羅斯那兒接收過來。」

「喔！那麼能夠調度的潛艇再加上這七艘，應該有四十二艘。」

「是的。」

「但是，會不會太浪費了？五十艘老朽的潛艇就放著不管嗎？難道不能讓它們活動嗎？」

楊上校插嘴說著。而周上校也點頭說：

「研究小組也在檢討這個問題，看看有什麼方法。」

「雖說老朽，但是只要修整一下，應該還可以使用吧！」

「五十艘當中，大約可以調度三十艘重新編成。已經指示總後勤部將老朽化比較不嚴重的船艦修改成近現代化。」

「剩下的二十艘只能報廢，未免太可惜了。」

「不。老朽潛艇大半是前蘇聯時代的東西，並沒有零件可加以修理。二十艘潛艇無法使用，但解體之後，有些零件還可以使用。還是能夠充分發揮作用。」

「換言之，二十艘老朽潛艇的零件可以供給三十艘再利用嘍？」

「的確如此。但是要讓三十艘重新編成，卻有一個大問題。」

「什麼問題？」

「開動潛艇的要員。熟練的潛艇要員嚴重不足。培養潛艇要員要花六個月的時間，至少也要四個月。雖然有潛艇，卻沒有人可以操縱。」

「難道不可以雇用俄羅斯或北韓的海軍士兵嗎?空軍飛行員也可以用雇傭兵補充啊!」

「沒錯。在購買蘇凱27和新型亞克布雷夫機時,也簽訂了雇用俄羅斯飛行員的契約。不足的部分就雇用北韓人民軍的飛行員。傭兵的雇用金額太貴,不過具有即戰力,而且很多都很優秀。我想,潛艇上也要雇用俄羅斯人或北韓人。」

何炎空軍上校說著。周上校也點頭說:

「我們的船員比較多,應該讓已經退役的潛艇人員重新服役。讓目前培養的船員搭乘新型的噸級潛艇。」

秦上將眨眨眼睛。

「真有趣。老的船員駕駛老朽的潛艇。」

「退役的潛艇人員不習慣新型潛艇,但如果是老舊的模擬潛艇應該就沒問題。稍加訓練,他們就會想起以前的技術和經驗。他們並非全都是退休的年紀,有的人不到退休年紀就辭去工作了。召集他們回來當海軍,非常划算。」

「的確是個好辦法。爲了國家著想,相信他們也會欣然接受。讓回來的船員階級比退伍時更高一階。薪水也要稍微提高一些,這樣他們就不會發牢騷了。」

楊上校表示同意。周上校抿著嘴,調整呼吸後說道:

「問題在於老朽潛艇適用於現代戰？」

「就算是枯木也有作用啊！可以魚目混珠，同時具有潛艇的威脅能力。」

「的確如此。老朽潛艇也可以使用昔日日本軍的神風戰法。」

「神風戰法？你是說用老朽的潛艇去撞敵艦嗎？」

「也想過這個方法，例如可以讓老朽潛艇搭載核子彈，侵入敵國港口或是接近敵人艦隊，然後自行引爆。可破壞首都，同時殲滅敵人艦隊。」

剎時，作戰本部鴉雀無聲。周上校的嘴巴抿成ㄟ字形看著幕僚。

「嗯！真有趣。真是個好方法。」

楊上校很滿意的拍手。

「你們覺得如何呢？讓核潛艇侵入東京灣，或是到東京灣的出入口，甚至更遠繞到美國海岸，然後引爆潛艇。」

並沒有人贊成楊上校的作法。楊上校一臉不悅的保持沉默。

「特攻潛艇（自殺潛艇）嗎？如果知道會死，誰還會搭乘潛艇呢？」

秦上將問，而周上校繼續說：

「招募志願者，相信一定有愛國者志願參加。這時只要啓動潛艇即可，不需要太多的船員。」

整個房間籠罩在沉默之中。

秦上將拍拍雙手，趕走沉默。

「這件事情以後再討論吧！使用老朽潛艇的確是一個好構想，但只有在無計可施的情況下才可以使用。有沒有利用北海艦隊奪回制海權的方法？」

「只有一個方法。」

周上校表情嚴肅的說著。

「什麼方法？」

「航空母艦『北京』的近代化修改已經結束，目前在渤海進行船員的熟悉訓練航海。搭載戰鬥機隊也在進行起降的訓練。可以聯合『北京』以及航空母艦『大連』，二艘形成航空母艦戰鬥群，聚集旅大改良型飛彈驅逐艦，創設一個大的航空母艦隊。」

「這樣很好。什麼時候可以出擊？」

「還要半個月。」

「下個月嗎？在此之前，要鼓勵台灣派遣軍，讓新航空母艦隊繞到海峽去。」

「和上次的海戰情況相同。第七艦隊和日本艦隊嚴陣以待，可能會正面交鋒。如果進行海戰，則除了例外的情況之外，勝利的可能性幾乎微乎其微。」

「你所謂的例外情況是什麼情況？」

「唯一可以獲勝的可能性，只有某種作戰方式。」

「願聞其詳。」

秦上校探出身子。其他的幕僚們也都安靜下來。

「就是讓航空母艦隊到東海去設計圈套。」

幕僚們一陣喧嘩。

「什麼？反對。怎麼可以讓虎子航空母艦隊成為誘敵的艦隊呢？這一定會失敗的。」

楊上校大聲反對。秦上將用手制止楊上校，要他安靜。

「你的方法是什麼？先聽聽看，要反對的人再反對。」

「首先是動員先前所說的潛艇隊，在東海形成大包圍網。四十二艘現役的潛艇再加上三十艘老朽潛艇，總計動員了七十二艘，形成包圍網。然後靠近美日艦隊，從周圍一起發射制導魚雷或普通型魚雷，讓美日艦隊葬身海底。」

作戰本部一陣譁然。秦上將笑著點點頭：

「的確是厲害的作戰方法。」

「當然，用來誘敵的航空母艦隊並非什麼都不做。驅逐艦要利用反艦導彈進行海戰，航空母艦的艦載機也要和敵艦的艦載機決戰。航空母艦隊要盡量接近陸地，最好能有陸地的航空戰力支援。在陸地，也可以利用地對艦導彈攻擊，同時進行三次元的攻擊。」

「就採用這個作戰方法。趕緊擬訂計畫。」

「不過我有個要求。事實上提出這個計畫的是某位將軍，希望能夠讓這位將軍復職。」

「喔！是哪位將軍？」

秦上將問。

「前海軍參謀長劉大江海軍少將。」

「劉少將嗎？」

秦上將想起劉小新的父親。劉大江少將被國家保安部逮捕，軟禁在家中。

「劉少將覺得必須負責上次海戰的失敗，所以想到這個方法。劉少將將這個作戰案送到我們這裏。想出的是利用現有的海軍戰力，做出最大的海戰。」

「我知道了。讓劉少將復職，並且還是擔任海軍參謀長。他提出的計畫應該由他來進行。現任參謀長降級爲顧問。他是什麼都不會做，只會奉承的傢伙。」

「謝謝您立刻做出決斷。」

周上校向秦上將深深一鞠躬，然後抬起頭說：

「作戰部長，你覺得先前的計畫如何呢？讓誘敵艦隊靠近美日艦隊，一艘老朽潛艇駛向美日艦隊附近，然後引爆艦上的核子彈。」

楊上校笑了起來。秦上將點頭說：

「我知道。這個想法不錯，會檢討一下。不過，誘敵作戰是極機密的事情，一定要保密。相信美日艦隊也不是那麼容易上當。」

「您說的對。」

周上校也點點頭。這時，隔壁通信本部一位下士官通信員快步進入作戰本部。

「秦上將，與台北的賀堅上校取得聯絡。電話線接上了。」

「好，趕快接通。」

秦上將拿起桌上的聽筒。

「賀堅上校，我知道你們那邊的狀況，似乎是慘敗了。」

『真是對不起。雖然我在這裏，但還是發生了這種事情。』

賀堅上校的聲音隱藏著怒氣。

「你還是留在那兒，重建派遣軍和北軍吧！」

『這相當困難。這裏的派遣軍參謀部全都是一些沒用的傢伙。除非全部換掉，否則沒有辦法重新整軍經武。』

「你怎麼這麼說呢？」

『我在這裏根本沒有任何權限。他們只把我視爲是從中央派來的沒有用的參謀上校。秦上將，請給我任免這些人以及指揮派遣軍的權力。這樣，我就可以重新整軍經武。』

「你太軟弱了。我想你不應該待在那個地方，立刻回北京來吧！」

『但是，這裏……。』

「我知道。我會從華南派遣軍的參謀部挑選優秀的參謀長，代替你到那兒坐鎮指揮。你立刻回到北京來。」

『但是……。』

「這是命令。你可以在中央發揮力量，好嗎？」

『知道了，我立刻回來。』

「回來後，我有很多事情要問你。好了，這就樣。」

秦上將掛斷電話。楊上校露出難看的表情，把頭轉開。

「各位參謀，接下來要展開作戰會議。要解決堆積如山的問題，大家必須絞盡腦汁喔！」

秦上將坐在桌前的議長席上。參謀幕僚們則各自入座。秦上將看著參謀幕僚們說：

「那麼，就從瀋陽軍的動向開始說起吧！」

2

東京・總理官邸・首相辦公室　8月28日　下午6時

白天的暑熱終於退去，但是，不開冷氣還是會冒汗。

濱崎首相一邊用扇子扇涼，同時聽青木哲也外相（外交部長）報告：

「……平安無事的簽訂三國同盟的協約。台灣共和國、華南共和國、滿洲共和國三國，互相簽訂了攻守同盟約定。」

電視的ＮＨＫ・ＢＳ新聞，正好播放出三國代表簽約的畫面。穿著軍服的滿洲共和國代表和面露微笑的台灣政府代表行政院院長呂玄，兩人互相握手，同時華南共和國政府代表也加入，三人擁抱在一起。

『三國政府代表，本日於東京在青木外相、美國國務卿吉布森的見證下，進行三國同盟的簽約儀式。後來召開記者會，發表以下的共同聲明。……這一次成立三國同盟，相當感謝日本政府以及美國政府大力相助。協約生效之後，三國中任何一個國家受到攻擊，都視爲是對其他兩國的攻擊。中國北京政府一定要體認到這一點，亦即停止對三國的戰爭行爲，按照民族獨立的原則，承認三國獨立。……我們三國在軍事方面攜手合作，三國一體，向世界宣布要進行獨立的鬥爭。北京政府必須停止非法佔領台灣共和國和華南共和國的領土，趕緊撤回軍隊。……。』

「如此一來，我國就必須背負麻煩的包袱了。」

自稱爲天下所有人意見表達者的葛井護法相（司法部長），面露凝重的表情，嘆了一口氣。

「不要緊。」

青木外相安慰他。宮房長官北山誠則揶揄似的說：

「老年人啊！總是有悲觀的看法，真是糟糕。」

「我認爲啊！年輕人總是輕舉妄動，真令人擔心。」

濱崎首相用遙控器關掉電視。

「外務大臣，這三國同盟的結果，我國要接受什麼要求呢？」

「三國向日本提出經濟援助，無償有償的援助。」

「對美國方面呢？」

「軍事援助。」

「那他們有什麼回饋呢？雖說是無償援助，但這可不是送禮啊！」

「等到戰後復興，以美國和日本為最優先考慮，請求我們協助他們的建設事業等。而且關於自己國家開發資源的權利，也以美國、日本為最優先考慮。」

濱崎苦笑著：

「現在已經不是以前的帝國主義國了。為了這些權利或權益，日本成為三國同盟的後盾，實在令人覺得很糟糕。」

「那麼，我國是否應該要求他們有所回報呢？」

青木外相訝異的問道。

「這是政治性的問題。我國的國益在於不能讓中國北京政府稱霸亞洲。擁有十六億人口的中國，一旦合而為一，就會稱霸亞洲。即使與美國同盟，但是日本無法抵擋中國。一百年之後，日本的年輕人只佔人口的三分之一，人口從超過一億人的數目減少為七千萬人。而且是典型的高齡化國家，並非年輕有活力的中國的對手。我國的國益就在於三國發展為正常的民主國家，牽制北京政府。」

濱崎首相看著坐在沙發上的閣僚們。

「我也贊成總理的想法。」

一言居士（事事都要提自己意見的人）葛井法相率先表示贊同之意。

「我也是。」

北山官房長官苦笑著說。

「真罕見，老少的意見居然一致。」

防衛廳長官栗林勇笑著說。

「只要別讓中國稱霸，不管什麼事情都可以商量。當然，只限定在常識的範圍內。援助三國，培養他們成爲民主國家，這一點相當重要。」

濱崎首相加以強調。防衛廳長官栗林也點點頭。

「總理，如果滿洲共和國和華南共和國也向我國提出軍事援助的要求，該如何處理？」

「表面上說不。但是暗地裏要答應他們，不過是有條件的。」

「怎麼說呢？」

青木外相問。

「我國是採取聯合國外交中心主義。事實上聯合國只不過是國際政治精打細算的產物，能夠利用的東西就盡量利用。只要高掛聯合國的旗幟，不管其內容是軍事援助，還是民間援助，都可以堂而皇之的進行。所以你看台灣的情況，我國以聯合國PKF的名義，堂而皇之的派遣自衛隊到台灣，然而現行憲法根本不允許我們派兵到海外，而且也不承認我們的集體自衛權。不過這又何妨呢？」

青木外相說：

「滿洲共和國是不是要求派遣航空自衛隊的航空戰力到滿洲去呢？」

「我們當然不能答應。但如果是派遣聯合國PKF的航空自衛隊，那就可以商量囉！」

「如果聯合國總會或是聯合國安全理事會承認滿洲共和國，那又如何呢？」

「如果是援助聯合國加盟國，那麼身爲安全理事會常任理事國的我國，的確可以這麼做啊！」

防衛廳長官栗林開口說。

「華南共和國要求我們提供軍事物資？」

「當然也不能答應。」

「但是，我們曾保證要在經濟上援助他們。」

「軍事物資可以利用經濟援助方式送出去嗎？還是透過第三國進行援助比較好

吧！例如利用聯合國的旗幟對台灣進行軍事援助。如果這些物資從台灣轉而支持華南共和國，我們也無法加以檢查。對吧？」

這時紅色電話機響起。大家彼此互相對望。紅色電話機是美國華盛頓和日本之間的熱線。

濱崎首相拿起聽筒。

「啊！總統，您還好吧？」

濱崎首相用日本話向美國總統打招呼。電話自動連接自動翻譯機。雖然用日本話說，但是會自動翻譯爲美語，讓對方了解。而總統的美語也會立刻翻譯成日本話傳到濱崎首相的耳中。

『總理，三國同盟締結協定。對日本和美國雙方都是符合國益的作法。』

辛普森總統說著。濱崎首相也同意。

『但是我國打算和三國締結緊急的相互防衛條約。如果締結條約時提出要求，我國預定要對三國進行軍事援助。不知道貴國是不是也願意同樣和三國簽訂相互防衛條約？』

「關於這件事情，我無法立刻回答。不過我保證，日後一定會回覆。」

『是嗎？日後再請教這件事情好了。不過我接到來自滿洲共和國的消息，滿洲軍已經做好準備，打算向北京軍宣戰。開戰時，不光是需要美國政府，也需要日本政府的支援。在聯合國的名義之下，日本政府可以派兵展開PKF行動，同時爲了貴國的利益著想，也熱切的希望您能夠找出軍事支援他國的方法。』

濱崎首相拿著聽筒，側耳聆聽辛普森總統的提議。

3

東京市ヶ谷・參謀長聯席會議・對中國戰爭研究班會議　9月10日　上午11時半

對中國戰爭研究班的會議，從昨天開始徹夜進行。海上自衛隊參謀部運用幕僚北鄉涉少校，用手指按壓自己的眼頭，否則映在螢幕上的文字，看起來會有雙重影像。這表示他現在已經相當疲累了。

橢圓形的桌前坐著對中國戰爭研究的專家陸海空自衛隊參謀部的幕僚們，總計二十四人。新城作戰部長坐在議長席上，旁邊是防衛廳特別委任的中國研究者。

「……螢幕上的是，偵察衛星所拍攝到的航空母艦『北京』以及航空母艦『大連』。在渤海灣的深處進行船員的熟悉航海訓練以及演習。」

海上自衛隊參謀部的同僚北見少校，用雷射光束指著會議室螢幕上的影像。同樣的影像也映在嵌於桌上的螢幕上。

影像是利用高畫質攝影機拍攝的，就算不斷的放大，看起來還是很鮮明。螢幕中的航空母艦乘風破浪，全速前進。

而且航空母艦上，一架又一架的蘇凱27戰鬥機陸續起飛。另一個畫面則可以看到垂直升降機亞克布雷夫Ｙａｋ—38的機影，從飛行甲板垂直起飛，然後又降落。

「等等。北見少校，這個亞克布雷夫是什麼時候拍攝到的？」

航空自衛隊參謀部空軍中校詢問。

「這個月一日拍攝到的。」

「根據你的說明，你說搭載亞克布雷夫Ｙａｋ—38，指的就是這個飛機嗎？」

「是啊！難道不對嗎？」

「嗯！雖然形狀很像，但這是比38更先進的新型ＶＴＯＬ，亞克布雷夫Ｙａｋ—141，ＮＡＴＯ稱爲free style（自由型）。」

會場聽到「喔」的聲音。

「俄羅斯方面認爲太花錢，因此不是已經中止開發141了嗎？」

「不，仍然持續秘密開發中。一定是中國出錢的。」

「141的特徵爲何？」

海上自衛隊參謀部航空負責幕僚詢問。

「與38同樣，是能產生最大速度馬赫一・八的超音速VTOL。與海軍自衛隊航空隊所採用的改良型鷂式—Ⅲ相比，雖然鷂式—Ⅲ的速度快了1馬赫，但是141的性能比較好。空軍自衛隊舊支援戰鬥機F—1最大的速度爲馬赫一・六，新型支援戰鬥機F—2爲二・〇，但與此相比，141一點也不遜色，是真正的防空戰鬥機。操縱系統採用三重的電子FBW，引擎控制也是採用電子系統，同時具備了與MiG—29相同的FCS以及武裝。」

「你是說，中國這一次將其視爲是亞克布雷夫Yak—38的後繼機，採用性能提升型的141進行訓練囉？」

海上自衛隊參謀部航空負責幕僚說道：

「應該是。看它的升降方式，可以知道是使用相當熟練的飛行員。中國什麼時候培養出這種航空母艦載機用飛行員呢？」

「關於這一點，我有來自中央情報部的情報。」

中央情報部的中國負責官員發言。引起大家的注意。

「某位俄國飛行員，似乎被雇用為中國的傭兵。這位飛行員原本開蘇凱27型戰鬥機，後來遇到俄羅斯空軍裁員，失去工作。他簽訂一年契約，可以得到二十萬美元。和他一樣失去空軍工作的同僚們，有些人也需要錢，所以這些飛行員加入中國空軍的行列。」

中央情報部的負責官員繼續說：

「聽說也有北韓空軍飛行員、古巴空軍飛行員加入中國空軍。想賺錢的NATO前空軍飛行員，可能受雇於中國。」

「喔！那麼在還未培養真正的中國飛行員之前，就利用傭兵來開戰鬥機囉？」

航空自衛隊參謀部中校搖搖頭又點點頭。北鄉舉手向議長要求發言。

「什麼事？北鄉少校。」

「航空母艦『北京』是否已經完成實戰配備呢？」

北見少校思考了一下。

「這個問題，我很難立刻回答。從這些畫面看起來好像已經接近實戰配備。不分晝夜的進行訓練，持續十天的演習，甚至就像實際戰鬥似的嚴格進行飛機升降的訓練，看起來非比尋常。或許明天就會展開實戰。」

「喔！那麼實戰配備要花多少時間？」

「快的話一週，慢的話一個月後就可以進行實戰。裝備已經完成，但是並沒有進入船塢，演習中安裝防空機關槍、船身的修理等也都必須注意。一旦進入船塢，可能會利用以往的人海戰術進行修改。看另外一個錄影帶，船身聚集了黑壓壓的人群，似乎正在修改。我認爲，應該會以搶修的方式進行近代化修改。」

「喔！這個演習似乎想以『大連』與『北京』兩艘航空母艦，創設航空母艦戰鬥群。」

「的確如此。自從輕型航空母艦『旅順』被擊沉之後，中國海軍就想重建中國的威信，因此似乎打算再以『北京』爲主，編成航空母艦艦隊。我想不久，航空母艦『北京』戰鬥群將會從渤海灣出發到東海。」

北見少校看著遠方這麼說。

新城作戰部長開口說：

「上一次，航空母艦『大連』和北海艦隊逃到黃海。這次一旦離開黃海，希望能夠一舉殲滅北海艦隊以及航空母艦『北京』和航空母艦『大連』。如果能擊垮中國的遠洋艦隊，即使中國是大國，一旦沒有外出的艦船，只能算是大陸中的大國，不會對我國構成威脅。一定要牢記這一點來擬定戰略戰術。」

北鄉聽著新城作戰部長說的話，嘆了一口氣。

上一次中國艦隊在琉球海戰中失敗時，日本軍隊並沒有加以追擊，正是因爲美日兩國和聯合國安全理事之間秘密締結協定，同意絕不攻擊在北緯三十度以北、東經一二五度以西的黃海海域中的中國海軍艦船。

日本政府和美國政府，已經和中國進入戰爭狀態，但認爲應該僅止於台灣、琉球地區，不希望擴大戰爭範圍。

當然，每次中國出動軍隊，都可能會擴大戰爭，但是美日政府都不希望演變成國家之間真正的戰爭。因此，訂北緯三十度以北、東經一二五度以西爲神聖領域。

中國以往都是採用東風飛彈攻擊日本，不光是琉球本島，連列島各地的自衛隊基地所在地，還有以美軍基地所在地爲主的地區，都進行不加以區別的轟炸。但是爲什麼日本只能擁有自衛權，而不能用飛彈或派出攻擊機攻擊中國本土呢？

這是因爲受壓於美國政府。沒有美軍，海上自衛隊以及航空自衛隊、陸上自衛隊就無法單獨作戰。

如果海軍自衛隊護衛艦隊想單獨向中國北海艦隊挑戰，則以戰力比來看，沒有正規航空母艦的日本，明顯的不利。海上自衛隊護衛艦隊，只是第七艦隊的護衛艦隊，是負責美國海軍戰略工作之一的艦隊。

由這意義來看，陸海空三自衛隊，並不是真正獨立國的軍隊。只是在美國的核傘下保障日本的安全，而自衛隊則是在美國保護日本的前提下才能夠使用的戰力。

新城作戰部長也非常了解這一點，做出了發言。

所以日本不能夠單獨出動，一定要和美軍互助合作。要以美軍軍力爲後盾，封住中國的霸權主義——新城作戰部長想出了這條苦肉計。

北鄉雖然了解新城作戰部長心中的想法，但是卻無法了解他的苦心。

「……不過，美國NSA國家安全保障局傳來極機密的情報。我告訴各位。」

新城作戰部長在螢幕上播放新的映像。

這和先前偵察衛星所拍攝到的是不同的畫像。是能夠看清整個渤海灣的電子照片映像，可以放大或縮小。拍攝到在渤海上的無數艦船。

「這些要當成水面戰鬥艦嗎？」

新城作戰部長說著，並敲打著鍵盤。

忽然，無數的黑點消失，畫面上只留下幾十艘艦船。

「這些是北海艦隊的驅逐艦。請仔細看看它們接下來的動向。」

新城作戰部長按下按鍵。畫面中的艦船移動，兵分二路。而且都是各有二艘艦船在中央，周圍形成圓形陣型。圓形陣型的艦隊互相保持一定的距離，遙遙相對，航行於渤海灣內。

「似乎是要進行艦隊決戰。」

聽到耳語聲。

終於，兩個圓形陣型的艦船會合，離開渤海海峽到達黃海。一邊的圓形陣型改成楔形陣型，而其背後則接著圓形陣型的艦隊。

兩個陣型的艦隊南下黃海。繞到山東半島前方，通過青島海灘，來到北緯三十五度附近時，艦隊停止不動。

暫時不動，後來陣型又一起掉頭回去，然後又回航到渤海灣內。中途四艘艦船離隊，進入青島。

「四艘中的兩艘，就是在青島港的航空母艦『北京』與『大連』。到目前為止，這個艦隊的航海演習已經反覆進行三次。NSA認為這是航空母艦戰鬥群出擊的徵兆，估計不久後，航空母艦戰鬥群將從黃海越過北緯三十度線南下。台灣派遣軍和北京總參謀部、上海的中國海軍參謀部的密碼通信也相當的活絡。解讀密碼之後發現，原來是要求派遣航空母艦戰鬥群到台灣海域。美國海軍司令部很重視這個事態，決定再度派遣橫須賀的第七艦隊到東海。同時也要求我國自衛隊艦隊司令部派遣護衛隊群。」

「什麼時候呢？」

海上自衛隊參謀部中校詢問。

「二、三天至十天內。」

「出來了。一定會出來的。」

「但是，爲什麼選擇這個時候呢？」

「由於中國軍很難對台灣補給，是爲了打破僵局而進行出擊嗎？」

幕僚們紛紛發表自己的意見。

北鄉無視於眾人的談話，敲打著鍵盤，螢幕畫面出現這半個月內的天氣預報。北鄉看著天氣圖。

菲律賓附近的南太平洋發生第十三號颱風，看到巨大的渦卷雲。敲打鍵盤，調查颱風的動向。

十三號颱風慢慢成形北上，將會通過琉球本島。所畫出的大弧形橫貫南九州到四國、紀伊半島，直接侵襲關東地方。再按下按鍵，找出十三號颱風通過東海的日子。

九月十三號。十三號是星期五。全都是不吉利的數字。

北鄉大聲說：

「新城作戰隊長，我認爲中國艦隊將會在十三號出擊，因爲這一天十三號颱風極有可能通過東海。在颱風的侵襲之下，航空母艦隊會南下。」

「我也這麼想。我已經命令參謀長聯席會議議長河原端，在此之前要讓共同護衛隊群到達東海海域。」

新城作戰部長像是要讓大家都聽到似的大聲說著，而北鄉則是很滿意的點了點頭。

4

黃海　9月13日　○四○○時

黎明前，東方的天空終於開始泛白，但是，雲雨覆蓋天空，所以還是如半夜般一片漆黑。

中國海軍北海艦隊，第二航空母艦戰鬥群司令，關士能海軍少將，從航空母艦「北京」的艦橋看著萬丈波濤的海面。右手邊黑暗處的發光信號持續閃爍著。那是來自於並行的航空母艦「大連」的信號。而這裏也由信號手利用發光信號回信。

預料中的颱風通過琉球本島，以二十公里的時速慢慢沿著東海岸北上。琉球本島最大的陣風，風速達四十五公尺，中心氣壓九八〇。颱風的暴風半徑三十公里，渦卷狀的雲大致接近圓形。暴風半徑內狂風暴雨，形成大型颱風。

這是艦隊離開黃海的絕佳氣象條件。只要衝入颱風中直接南下即可。敵人的美日艦隊應該在東海嚴陣以待。但是颱風接近，相信美日艦隊的監視一定會鬆懈。刮著強風暴雨，而且波濤萬丈，美日艦隊的搜索能力一定相當紊亂。

關司令用望遠鏡看著周圍艦艇的影子。

第二航空母艦戰鬥群，中心是旗艦航空母艦「北京」與航空母艦「大連」，周圍則由十二艘水面戰鬥艦以圓形陣型圍繞著航行。在圓形陣型的前方，呈笠形陣型的八艘護衛艦在前面帶隊。是總計二十二艘艦船的大航空母艦隊。

圍成圓形陣型的護衛艦，包括了「延安」「鄭州」「青島」「唐山」等六艘旅大改良王飛彈驅逐艦，還有「南通」「保定」「株州」等六艘江威改良型飛彈護衛艦，以及「延安」「鄭州」「洛陽」「溫州」等，都是上次海戰時殘存下來的第一護衛艦戰隊的驅逐艦和護衛艦。

這四艘與第二護衛艦戰隊會合，編成第二航空母艦戰鬥群。各艦互相保持十公里的距離，以密集陣型前進。

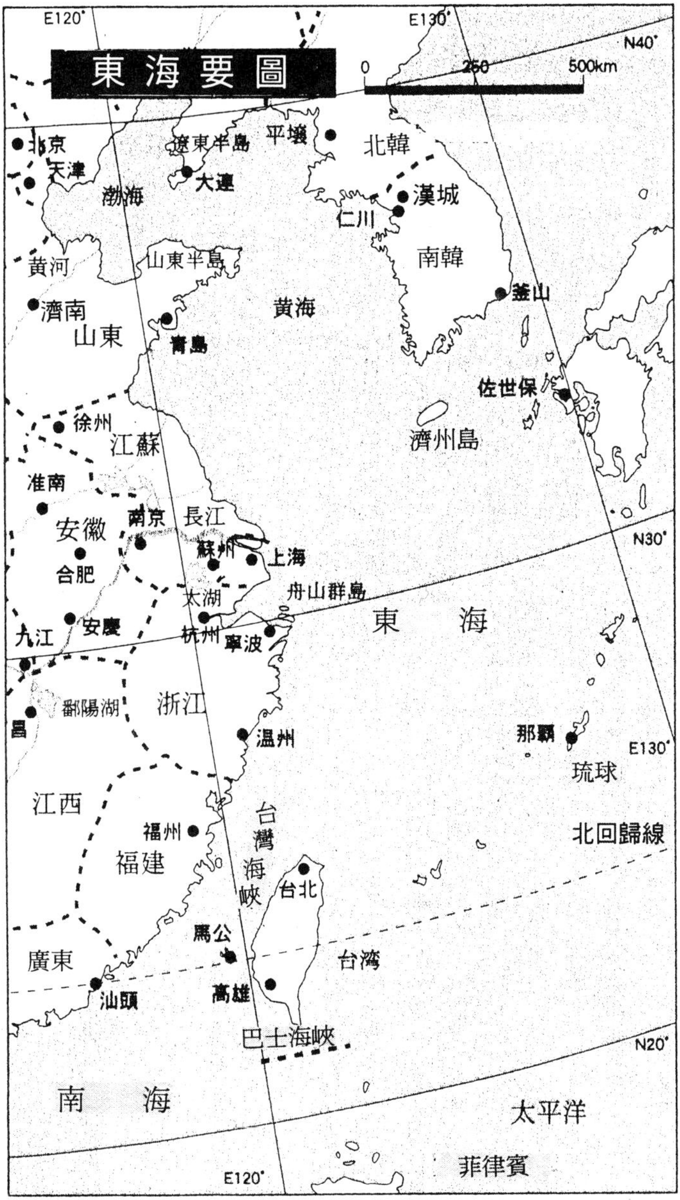
東海要圖
E120°
E130°
N40°
0
250
500km
北京
天津
遼東半島
平壤
北韓
大連
渤海
漢城
仁川
黃河
山東半島
南韓
釜山
濟南
黃海
山東
青島
佐世保
徐州
濟州島
江蘇
淮南
南京
長江
安徽
N30°
蘇州
上海
合肥
太湖
舟山群島
東　海
杭州
寧波
九江
安慶
鄱陽湖
浙江
溫州
那覇
E130°
琉球
江西
台灣海峽
福州
北回歸線
福建
台北
馬公
廣東
台灣
汕頭
高雄
巴士海峽
N20°
南　海
太平洋
E120°
菲律賓

在前方的八艘驅逐艦，是以旅大改良型飛彈驅逐艦「成都」爲旗艦的第三護衛艦戰隊。這是普通型反潛驅逐艦和飛彈護衛艦的混合艦隊。

關司令看著在飛行甲板上的蘇凱以及亞克布雷夫戰鬥機的影子。甲板上又有一架蘇凱27出發了。上空則有等待僚機起飛的蘇凱編隊盤旋著。

還沒有下雨，但是風逐漸增強。颱風特有的暖風吹入艦橋。

「知道敵人艦隊的位置嗎？」

關司令詢問航海長。航海長海軍少校面露緊張的神情回答：

「目前還不知道。正在解析偵察衛星所拍攝的圖片，可能藉著颱風在相反側進行吧！」

「不知道敵人艦隊是否會中計？」

艦長孫秀璋海軍上校說著。而關司令則苦笑的說：

「敵人艦隊一定感覺到我方的動向。他們的軍事衛星，性能比我們的衛星更優良。可能比我們自己還了解，現在我們到底在何處航行呢！」

關司令回想起擔任美國武官的時代。當時看到美國海軍的狀況以及電子探測能力的精妙，即使是現在也無法比擬，性能相當優越。

但也因爲如此，可能會自恃過高。在颱風這個威猛的大自然面前，就算是美國海軍，也無法充分發揮其能力。只知道拚命的追趕我們的航空母艦隊，而不知道到底有什麼危險正等著他們。

這就是我方的目的。瞬間的疏忽可能成爲致命傷。這就是艦隊決戰的分歧點。

「潛艇隊是否巧妙的展開呢？」

孫艦長在那兒思索著問道。關司令點點頭。

「我們也只能相信如此。所以一週前就開始準備了。」

關司令想起被劉大江海軍參謀長叫去的事情。劉海軍少將因爲必須負責上一次的海戰失敗，所以暫時由中央方面解除其參謀長的職務。但是爲了這一次的海戰，官職復原。據說這一次的作戰是劉參謀長的提議。

可能是爲上一次的失敗進行復仇。

作戰名「鳳凰」。傳說中鳳凰是不死的火鳥，火鳥燃燒自己化爲火焰，孕育新的生命。

「貴艦隊的任務有兩點。一是負責誘敵，讓敵人的第七艦隊和日本護衛艦隊進入包圍中。另一點是完成誘敵任務後，要傾注全力擊潰敵人美日艦隊，然後脫離戰場，保住航空母艦隊，絕對不能夠白白犧牲。是否能夠保住航空母艦『北京』『大連』，決定著中國的未來。所以要付出所有的犧牲，以護衛航空母艦。」

真是矛盾的戰術。既然要成爲誘餌，當然就要犧牲，但是又必須殘存下來，兩個命令似乎完全相反。

不過，自己能夠了解劉參謀長的想法。這個作戰以中國今後的命運做賭注。必須成爲火鳥，這就是劉參謀長的命令。

「司令，接到來自海軍參謀部的電報。」

通信士叫著。關司令回過神來。

「讀電文。」

「海狼潛伏等待獵物。」

關司令和孫艦長相視而笑。

潛艇隊完全中計了。

爲了這次的鳳凰作戰，短時間內修復了許多老朽的潛艇，賦予它們新生命，同時召集了退役的潛艇船員。四十二艘現役潛艇當中，除了一艘戰略核潛艇以及十五艘在台灣周邊的噸級潛艇之外，二十七艘潛艇再加上還可以航行的二十四艘老朽潛艇，總計五十一艘，展開形成大圓圈的作戰。

它們是群集起來，準備捕獲獵物的海狼。在海狼所等待的海域中，引誘獵物前來，而且必須存活下來。

「航海長，現在在哪裏？」

關司令用望遠鏡看著周遭。沿著水平線，可以看到陸地的稜線。

地對艦飛彈的射程爲一百公里，所以艦隊南下的過程中不能離岸太遠。

「北緯三十度四十分，東經一二三度二十分。在舟山群島海岸一百公里東方。」

波濤比先前更大了。航空母艦的艦身開始大幅度晃動。

「不久就要越過三十度線。」

艦橋內響起航海長的聲音。北緯三十度線以南，是美日兩軍宣稱可以發動攻擊的海域。

孫艦長大叫：

「維持原來的航向。第三戰速。準備反空反潛戰鬥！」

聽到操作員複誦。響起準備戰鬥的緊急風鳴器。

關司令下達命令：

「解除無線電靜默。通信士，發電報命令全艦。艦隊司令命令全艦立刻進入第一級戰鬥狀態。期待各艦的奮鬥，祈求武運長久。」

通信士複誦電文。

5

東海海域 9月13日 〇五三〇時

海面波濤萬丈。船頭不時撞上滔天的巨浪。此刻艦隊正乘風破浪，雨如瀑布般敲打著艦橋的玻璃窗。周圍的僚艦被雨遮住，完全看不見。

國松一信艦長，站在劇烈搖晃的護衛艦「春雨」的艦橋，用望遠鏡看著汪洋大海。雙腳緊踩在船上，配合艦身的搖晃取得平衡，否則根本無法站穩。

「艦長，接到『金剛』的聯絡。發現敵人艦隊。變更航路270。五分鐘後一起回頭。準備。」

通信士告知來自旗艦的通信。

「回答我們已經了解。」

國松艦長大叫著。

雨拍打在玻璃窗上。風速計指著瞬間風速四十公尺。

海上自衛隊第一第二共同護衛隊群，接受艦隊司令部的命令，在琉球海域伺機待命。終於等到中國航空母艦從黃海出來了。

共同護衛艦隊以宙斯盾護衛艦DDG「金剛」為旗艦，十一艘宙斯盾DDG「霧島」、DDG「島風」、DDG「旗風」、DD「春雨」、DD「村雨」、DD「夕霧」、DD「雨霧」、DD「濱霧」、DD「澤霧」、DDH「倉間」的護衛艦，和船塢型運輸艦LSD「厚見」及同型的LSD「合歡爐」所組成。

國松艦長找尋著煙雨中的僚艦。右前斜方應該是旗艦宙斯盾護衛艦「金剛」。「金剛」帶頭，共同護衛隊群形成圓形陣型航行。圓形陣型中心則是DDH「倉間」和運輸艦「厚見」、「合歡爐」。

這一次的新型運輸艦「厚見」、「合歡爐」與艦隊同行，兩艦的甲板和倉庫搭載著海上自衛隊航空隊的六架垂直升降機鷂式—Ⅲ以及兩架反潛直升機，可以當成臨時航空母艦來運用。這是沒有正式的航空母艦的海軍自衛隊的苦肉計。

『艦長，請到CIC室。』

聽到CIC室的擴音器傳出聲音。國松艦長告訴副艦長自己要下去，從艦橋跑下樓梯。

聽到背後的通話員大叫：「艦長，到CIC室。」

ＣＩＣ室的門打開後，國松進入紅燈照亮的房間。

聽到「立正」的號令。國松做出持續作業的指示，並坐在室長美島少校旁邊。

ＣＩＣ室就像是在大的搖籠中似的，其在船艦中央，所以不像艦橋搖動得那麼厲害。

但若是緊盯著螢幕的細小文字或地圖，則由於船始終都搖晃著，因此會有暈船的感覺。不過操作員似乎不以爲苦，持續操作電腦。

「怎麼回事？」

「七艦送來敵人艦隊的位置。」

美島少校用手指著螢幕的畫面。畫面紊亂，不穩定。但是從電腦處理過的電子畫面，可以看到楔形陣型背後的圓形陣型航空母艦隊。

「在哪裏？」

「舟山群島東南一一〇公里附近。」

畫面變成東海全域的海圖。航空母艦隊的位置用紅色的標誌標記出來。

在遙遠的東南位置，則有共同護衛隊群的白色標記，距離琉球本島西北西一六〇公里。

第七艦隊航行在共同護衛隊群北北東一五〇公里的鳥島海域。

十三號颱風正好就在中國艦隊和第七艦隊之間，好像擔任兩艦隊的裁判似的，滯留在海洋上。國松等共同護衛隊群還在暴風圈中。

第七艦隊和中國艦隊的距離爲三五〇公里，另一方面，共同護衛隊群和中國艦隊的距離爲三四〇公里。

「七艦打算如何？」

「七艦想要直接攻擊中國艦隊，但是，不願意直接衝入颱風中。可是又不能等到颱風通過，所以想繞過颱風中心，接近中國艦隊。不過，也許這時中國艦隊會加快腳步逃走，因此希望我們共同護衛群隊能夠繞道中國艦隊前方，阻止中國艦隊前進，而七艦則追趕速度減緩的中國艦隊。」

美島室長看著螢幕說。國松艦長也有同樣的想法。

「艦長，接到聲納室的通報，聲納有了反應。」

聽到一名操作員叫著。國松艦長和美島室長趕緊跑到與聲納室的ＰＣ相連的螢幕前，利用內部對講機通話。

「潛艇嗎？」

『的確是潛艇。另外一個方向也有兩個聲納反應。』

內部對講機傳來反潛聲納要員的聲音。

「兩個都是?」

『目前其中一個消失反應……。』

反潛聲納要員的聲音突然中斷。聽到放出活動聲納的聲音。

海面波濤萬丈,難道水中聲納也會因此紊亂嗎?

「確定有兩個嗎?」

『是的。兩個大致來自相同的方向,但是距離不同。』

「好。仔細探查。」

聲納員沈默不語。在深海,只能依賴聲納聲來探查。

『真的有反應!這一次捕捉到明確的回音,登記為一一六號。』

「好,一一六的方位和距離呢?」

『方位是……二三〇,距離一萬二千,深度一五〇。還在潛航。』

「是我方同志嗎?」

『已捕捉到聲音。……不是同志,聲音好像散開來。』

「是核潛艇嗎?」

『……也不是核潛艇的聲音。啊!又有一個聲音。雖然很微弱,但是抓到反應了。登記為第一一七號。』

「一一七號的位置在哪裏？」

『方位二二〇，距離二萬三千，……消失了。一一七反應消失。』

「消失了？可以分辨出艦種嗎？」

『一一七不明。……調查一一七的聲紋。』

一陣沈默。

『結果出來了。一一六的艦種是……R級。』

「R級？」

與美島室長互相對看，難以置信。

前蘇聯製的R級巡邏型潛艇，在西方也是著名的「噪音潛艇」。是七〇年代生產，在水面的排水量爲一四七〇頓，在水中一八三〇頓，是船形型潛艇。利用柴油引擎推進二軸，最大速力爲水面十五節、水中十三節。續航距離一七〇〇公里。武裝爲五三三釐米魚雷發射管八門。具有布設水雷的能力。

但是，R級是兩代以前的舊式潛艇。

『……一一六屬於中國潛艇隊的潛艇。距離一萬一千公尺。』

「艦長，反潛自動導航魚雷已經準備好了。鎖定目標。」

反潛戰鬥要員說。螢幕上亮著「接觸」的文字。

『一一六的深度二〇〇。引擎停止。停止在水中浮游。』

「要攻擊嗎?」

對潛要員手按在反潛自動導航魚雷的發射按鈕上。

『捕捉到一一六魚雷發射聲音。』

聲納員告知。

『兩枚魚雷朝這兒衝過來。時速四十節,正高速接近。』

對方先發制人,不能夠再躊躇了。

「攻擊!」

國松艦長下達命令。

「發射!」

反潛要員按下按鈕。

從艦上聽到發射反潛自動導航魚雷的聲音。反潛自動導航魚雷以火箭推進的方式,飛翔到目標所潛藏的海域,降落到水面上後成爲制導魚雷,自動搜索目標,會追蹤並且命中敵人潛艇。

『敵人的魚雷是制導魚雷。』

「什麼!」

國松艦長大叫著。

『捕捉到活動聲納音！魚雷高速接近中！』

雖是舊式潛艇，但是，魚雷卻是最新式的制導魚雷！

「立刻通知艦隊全艦！魚雷要攻擊何處？」

『是我們和「金剛」。魚雷距離八千。』

「趕緊通知『金剛』。準備防魚雷戰！拿出氣泡模擬彈！準備投下模擬彈！」

國松艦隊陸續下達防魚雷戰的命令。

「拿出氣泡模擬彈！」

氣泡模擬彈會從貨艙發出氣泡，整個船身會被氣泡所覆蓋，不容易反射魚雷的活動聲納音。但是在波濤萬浪的惡劣天候中，效果不佳。

「投下模擬彈。」

反潛要員告知。

模擬彈用繩子綁在艦尾隨波逐流，故意發出噪音，引誘制導魚雷，是一種欺瞞裝置，能讓魚雷自行引爆。但是，當海面出現狂風巨浪時，模擬彈的繩子可能會斷裂。

『魚雷接近。距離七千。』

「副長，脫離圓形陣型，展開規避動作！」

國松艦長對在艦橋的副艦長下達命令。聽到複誦聲。

「左滿舵！全速前進！」

聽到複誦聲。

『旗艦通知全艦。兩枚魚雷接近，解除陣型。各艦進行規避動作。』

感覺船艦朝左傾斜。急速掉頭。

『一一六，馬達再啓，開動了。航向更改爲二七〇。持續潛航，深度二三〇。』

「反潛自動導航魚雷降落水面。開始搜索目標。」

反潛要員大叫著。

『魚雷接近！距離五千。』

就在模擬彈發出噪音的時候，國松艦長看著空中。

美島室長看著螢幕，對國松說：

「艦長，接到『澤霧』的通報。發現一艘敵人潛艇。方位一七五。深度三〇〇。距離二萬六千。登記爲第一一八號。也是R級的。」

又是R級的舊式潛艇潛藏在海中嗎？

國松艦長感到很懷疑。

和先前有聲納反應、登記爲一一七號的回音方向完全不同。

『魚雷急速接近，距離三五〇〇。』

「消失了。一一八的回音消失了。」

美島室長告知。

「逃走了嗎？」

國松艦長喃喃自語的說著。在這個惡劣天候中，無法派出反潛直升機。若是在普通的氣象條件下，一旦捕捉到獵物，絕對不會讓它逃走。

如果沒有颱風，那該有多好。國松艦長非常懊惱。

「反潛自動導航魚雷發現目標！急速接近一一六中。」

反潛要員告知。

CIC室只有電子聲音。突然響起爆炸聲。

「飛彈命中一一六！馬達聲音消失了。」

CIC室一陣歡呼，但是，還有敵人的魚雷在附近。

船艦仍然朝左傾斜，發出聲響。國松艦長抓住柱子。船艦急速旋轉。

『魚雷急速接近！二千！』

『右滿舵！』

擴音器傳來副艦長的聲音。

國松艦長咬牙切齒，祈禱魚雷能夠衝向模擬彈。

大幅度傾斜的船艦，慢慢直立了。這時，又開始向右傾斜。

『敵人魚雷接近！一千。』

美島室長的視線離開了螢幕，舔著舌頭。

『五千。……追蹤模擬彈。』

國松艦長瞪著天花板。聽到遠處傳來劇烈的爆炸聲。

接著又聽到爆炸聲。

『敵人魚雷命中模擬彈爆炸。』

「另外一枚呢？」

『衝向「金剛」的魚雷也命中模擬彈，自行引爆。』

聽到聲納要員興奮的聲音。

國松艦長用手臂擦拭額頭的汗水。背上的冷汗直流。

『艦長，停止規避動作。』

擴音器傳來副艦長的聲音。

「回到原先航路，二七〇。第二戰速。」

國松艦長命令艦橋的操作員。

聽到操作員的複誦聲。

6

東京・市ヶ谷　東京指揮所　○七○○時

在東京指揮所的指揮管制室，充滿著電腦的電子音和互相通信的聲音。正面的牆壁上掛著巨大的電子情況標示板。

北鄉涉少校抬頭，看著畫有海圖顯示東海情況的情況標示板。標示板上畫著台灣、琉球、九州等陸海空三自衛隊的配置情況，還有中國軍和中國艦隊的配置狀況，美國陸軍、第七艦隊等的配置狀況，分別以紅黃藍白等顏色標示，並以各種的記號表示。看一眼就可以大致掌握住狀況。

同樣的畫像也映在控制台的螢幕上，可以自由取出資料、分析資料。北鄉坐在自己的控制台包廂內，拚命的敲打著鍵盤。

控制台包廂內的電腦，可以和共同護衛隊群、自衛艦隊司令部、琉球基地，和全國各地的基地、聯合國ＰＫＦ司令部等的電腦連線，即時交換情報，所有的情報都會顯示在螢幕上，是能夠進行電子處理的系統。所以就算在此處，也可以正確的掌握東海的海戰狀況。

先前才剛從共同護衛隊群旗艦「金剛」那兒得到交戰情報。

北鄉聽到之後，總覺得忐忑不安。

第一就是共同護衛隊群「春雨」所擊沉的中國艦隊潛艇是Ｒ級的。是兩代以前的舊式潛艇，但是，爲什麼會用最新式制導魚雷發動攻擊？

第二是，在大致相同的海域中，除了被擊沉的Ｒ級潛艇之外，還躲藏著兩艘中國潛艇。

「這怎麼回事？幹嘛突然叫我來。」

背後傳來石山的聲音。北鄉依然坐在椅子上，回頭看他。海軍少校石山巖疲憊的臉上露出笑容，站在那兒。

「啊，石山，因爲你以前是潛艇的人員，所以我想聽聽你的意見。」

「不是以前。這個任務結束後，我打算要求再回到現場。」

「爲什麼？」

「你覺得我適合坐辦公桌嗎？」

「不是。」

北鄉終於笑了起來。石山是適合擔任指揮官的幹部將校。

兩人在防衛大學時是同期的，畢業後同時進入海上自衛隊。剛入學時，北鄉希望將來能夠成爲護衛艦的船員，而石山卻希望能夠上潛艇。石山的父親是昔日海軍的潛艇船員，所以他從孩提時代就嚮往潛艇。

結果真的達成心願，北鄉在護衛艦服務，石山也在潛水艦服務。後來北鄉和石山都接受了中級幹部特技課程、指揮幕僚課程，獲選爲海上自衛隊參謀部的幕僚。

「是嗎？你還不知道嗎？像我這樣的男人，不讓我在船上而讓我在陸地上，根本就是浪費納稅人的錢。上面那些傢伙，根本就不知道什麼叫做適材適用，沒有識人的眼光。」

石山的鬍子都長了出來，眼睛也佈滿了血絲。吐出的氣息也很臭，就像是吃壞肚子的臭味。

「我可不是來向你發牢騷的。我徹夜工作，根本無法好好睡一覺。到底有什麼事。快說吧！」

「很奇怪的事。」

北鄉從螢幕上找出來自共同護衛隊群的潛艇情報。

「在暴風雨當中，『春雨』和『澤霧』發現了中國海軍的潛艇，而且是R級的舊式潛艇。」

「這有什麼奇怪，潛艇只要好好的修整一下，可以開五十年、一百年呢！R級是七〇年代的潛艇，不過卻是能夠充分作戰的戰鬥艦。新造軍艦完全比不上，最近的潛艇只能夠依賴電腦，並沒有模擬的優點。關於這一點，R級還可以藉著手冊，好好的操作，是人性化的潛艇。我也想搭乘呢！」

北鄉搖搖頭說：

「你這種稱讚模擬潛艇的說法，我早就已經聽膩了。我不是想聽這個。中國海軍擁有核戰略潛艇，雖然是舊式的，但是有核攻擊潛艇，我們日本並沒有。而最近中國的潛水艦隊也現代化，R級已經退役，從俄羅斯購買了很多新型噸級潛艇。根據年鑑顯示，中國艦隊保持了五十艘R級的潛艇，但是幾乎都留在停留地，不能發揮作用。我們中央情報部得到的情報，顯示這場戰爭中，中國透過第三國從俄羅斯購買了二十多艘的噸級潛艇。」

「我知道，噸級也不錯啊！通常是柴油動力型潛艇，而噸級的性能則比西方同級的任何潛艇更好。潛水時，推進器的靜音性超群。靜音性是潛艇的生命。恐怕比日本最新型的潛艇都更安靜呢！真令人懊惱。不過，中國購買的噸級六三六型，根據我聽到的評價，其靜音性最高。」

「有這樣的噸級，爲什麼要將R級船艦投入東海呢？而且，光是共同護衛隊群在相同海域所捕捉到的就有三艘。」

「原來如此。」

石山似乎也很感興趣。

北鄉不斷敲打著電腦的鍵盤。螢幕的畫面出現整個東海海域的海圖。中國艦隊、第七艦隊、共同護衛隊群的目前位置，用紅藍白色以及標記來表示。

輸入氣象條件。中國艦隊和第七艦隊之間出現渦卷狀的颱風。

「到目前爲止，這是共同護衛隊群利用聲納捕捉到的中國潛艇的位置。」

按下滑鼠。在共同護衛隊群周邊三處出現了黑點。

「等等。可能有第五航空群所發現的潛艇資料。」

石山手伸向鍵盤，按下幾個按鍵。

畫面上出現了海軍自衛隊航空集團第五航空群的反潛偵察機P3C。過去一年內，在琉球周邊海域所發現的中國潛艇的件數總計四十七件。

「這一週呢？」

北鄉摸摸下巴。

石山敲打鍵盤，按下返回鍵。

總計六件。

六件中，有一件是潛艇攻擊航行中貨船，而P3C加以反擊，擊沉了。這是發生在琉球列島西側東海的事。

這個潛艇也是R級。剩下的五艘潛艇知道P3C接近，立刻銷聲匿跡。以艦種別來看，一艘是噸級，兩艘是R級，剩下的兩艘則艦種不明。

「咦！連這裏都有R級船艦。」

石山在東海海圖上標示發現場所位置。

六個黑點出現在海圖上。位置都集中在東海的琉球本島西北方，約三百公里附近。

「難道這附近是中國潛艇的巢穴？」

石山一邊敲打按鍵一邊說。

「海軍自衛隊的潛艇隊司令部，有來自各潛艇隊群司令部發現中國潛艇並加以追蹤的報告。把這些資料找出來。」

石山趕緊按下按鍵，連接潛艇隊司令部的電腦。石山是潛艇隊司令部的情報幕僚。

畫面出現一覽表。過去的一年內，我方潛艇發現中國潛艇的件數和位置，都明白的記錄在上面。

「這一週的情況如何呢？調查一下。」

「好，試試看。」

石山敲打鍵盤，按下返回鍵。一覽表的數字改變。

總計七件。利用畫面的地圖表示這些位置。發現黑點散佈在東海的南部海域。

石山呼的吐出一口氣，手指在鍵盤間遊走，拚命敲打著鍵盤。

「現在要做什麼？」

「你看著吧！」

石山面露笑容。螢幕上出現用英文所寫的一覽表。

這是向美國海軍參謀總部報告一年來第七艦隊與中國潛艇的交戰記錄，以及潛艇的回音捕捉記錄。

「再看看這一週的資料。」

石山敲打鍵盤。一覽表消失。在東海利用聲納捕捉到的中國潛艇，還有國籍不明的潛艇，總計十二艘。其中有兩艘被擊沉。從引擎聲和螺旋槳的聲紋來看，被擊沉的艦種應該是R級潛艇。

「這十二艘到底在東海的哪個海域？」

石山利用電腦，將十二艘船艦標示在海圖上。

東海的海圖上，立刻加上十二個黑點。看了之後，北鄉吹起口哨。

「這是怎麼一回事啊？」

先前看似無脈絡可循，零散的黑點集中在北緯二十七度到北緯二十八度、東經一二四度到東經一二五度的範圍內。如果將集中的黑點連起來，就變成略帶圓形的曲線。

「等等，等等。」

北鄉伸手敲打著鍵盤。

延長黑點所連成的曲線，形成半圓形的曲線。移動滑鼠，再將半圓形的曲線延長，形成大的圓周。

形成直徑大約一百公里的圓周。黑點沿著圓周分散。共同護衛隊群則在這個圓周的南邊海域和R級潛艇交戰。

「這是怎麼一回事啊？」

北鄉看著石山。

石山看著螢幕海圖上的圓。石山再次伸手敲打鍵盤，喃喃自語的不知道在說些什麼。連接網路，叫出了在某處的網站。

畫面出現「無法連接」的文字。

石山突然很生氣的說著，拼命的敲打鍵盤。

「真沒用。」

「畜生！混帳！」

「喂！到底怎麼一回事啊？」

「你看著吧！」

石山看著螢幕繼續敲打鍵盤。然後說「賓果」，按壓返回鍵。

畫面出現太平洋的地圖。敲打著鍵盤，將東海圍在框框內，並且放大。

「你在做什麼？」

「你知道有軍事專家嗎？」

「啥？」

「這裏一定有潛艇專家。這些傢伙蒐集世界所有的潛艇情報，下載在自己的網頁上，覺得很驕傲。」

「你連接上這些人的網站了嗎？」

「嗯！我想起其中一個人已經蒐集了地球海洋上所有潛艇的位置情報。」

「那傢伙爲什麼要這麼做呢？」

「沒有目的。他們也不是爲了賺錢，只是爲了滿足自己。他們的興趣就是要證明，任何國家的機密對他們而言都不是秘密。像是在玩遊戲一樣，侵入五角大廈的電腦系統，盜取機密，這使得他們很興奮。」

畫面上映出東海的地圖，看到無數的黑色船塢。

「這是？」

「這是潛艇。狂熱分子偷偷闖入美國海軍和NATO海軍、俄羅斯與中國海軍的電腦，畫出目前潛艇藏在何處的地圖。」

石山繼續敲打著鍵盤。

「目前藏在東海中的中國潛艇，就是像這樣。」

東海的南部海域、琉球列島的西北位置，可以看到五、六十艘黑色船塢。

延長先前聚集黑點的曲線所畫出的圓，就在這個東海的地圖內。

北鄉驚訝的屏氣凝神，石山呻吟著。

直徑一百公里的圓周邊緣，潛藏著五、六十艘中國潛艇。

這個圓的東側沒有黑點，就像是開口一樣。剩下四分之三的圓周分散著許多黑點。

「等等，難道是？」

接著輪到北鄉敲打鍵盤。同一個海圖上，出現包圍颱風的中國艦隊與第七艦隊、共同護衛隊群的目前位置。圓周的南側附近有共同護衛隊群。

相當於圓的口、什麼都沒有的地方，先前第七艦隊待在這裏。第七艦隊繞過颱風眼，打算朝中國艦隊進攻。

中國艦隊持續南下。中國艦隊距離第七艦隊大約三四〇公里。

「估計一下時間，看看各艦隊會如何行動。」

畫面移動，出現每隔一小時各艦隊會移動到何處的預測圖。第七艦隊隨著中國艦隊南下，追趕似的改變航向。共同護衛隊群則在中國艦隊的前方，因此，中國艦隊停滯。同時第七艦隊也變更航路接近。

六小時後的圖出來了。中國艦隊與第七艦隊距離一六〇公里。共同護衛隊群與第七艦隊會合。

「等等。你看這個。」

北鄉一邊看著圖一邊大叫。

兩個顯示第七艦隊與共同護衛隊群的標誌，正好在黑點所形成的圓周內。

「中計了，他們打算將第七艦隊和共同護衛隊群引誘進入。」

石山說道。

「在這裏的中國潛艇數目有多少？」

北鄉問。

石山繼續敲打著鍵盤，命令電腦計算出數值。畫面出現答案。

五十艘±七艘。

「如果這六十艘潛艇的魚雷全都朝向第一艦隊與共同護衛隊群發射，會變成什麼情況？如果是制導魚雷……。」

北鄉呻吟著。

「笨蛋，制導魚雷價格昂貴。中國艦隊怎麼可能有這麼多制導魚雷？R級舊式潛艇能夠發射制導魚雷嗎？」

石山搖搖頭，打消念頭。

「『春雨』發現的那個R級潛艇，的確發射了兩枚制導魚雷。」

「你想對方能夠從R級船艦連續發射制導魚雷嗎？」

「你覺得呢？石山。」

「喔！這麼說來，這就變成了制導魚雷的人海戰術飽和攻擊囉？如此一來，第七艦隊和共同護衛隊群就無法避開制導魚雷，一定會嚴重受創。」

石山臉色蒼白的說著。北山則呻吟著說：

「不光是魚雷。中國航空母艦戰鬥群也可以同時進行航空攻擊，發射大量的反艦導彈。豈止是重創，可能會全軍覆沒。」

北鄉和石山非比尋常的交談，使得周圍控制台的幕僚們，全都探出頭來看著他們。

北鄉和石山互相對望。

「趕快通知作戰部長。讓共同護衛隊群司令知道這是陷阱。」

「但是，要如何說明呢？」

「直接告訴他螢幕上的結果。」

「他們會相信這些潛艇專家的資料嗎？」

「除了讓他們相信，還有其他的辦法嗎？再過六個小時，第七艦隊和共同護衛隊群就要進入潛艇的網中了。」

「知道了。希望新城作戰部長會相信。」

北鄉拿起聽筒，撥了作戰部長室的電話號碼。

秘書官接了電話。北鄉大聲說：

「請找新城作戰部長。快一點，是緊急事態。」

7

東海南部海域　〇七〇〇時

第七艦隊旗艦「藍山脊」艦長約翰・科斯納上校，瞪著波濤萬丈的灰色海洋。暴風雨激烈的敲打著艦橋的玻璃窗。

科斯納上校想起以前所看過的電影也有波濤萬丈的畫面。電影的畫面是利用電腦動畫創造出來的，而看到颱風肆虐的萬丈波濤，感覺比電影的波濤更大。

日本人稱這個颱風為十三號颱風，這個颱風像惡魔一樣，的確是符合十三這個不吉利的數字。

大型颱風慢慢北上，船艦的搖晃也漸趨緩和。之前的感覺像在洗衣機當中，而現在已經沒那麼糟糕了。沖刷艦橋玻璃窗的雨，也開始緩和了下來。

『司令』，敵人的艦隊又改變航路，回到原先的航路。』

接到CIC室的報告，坐在司令官席上的詹姆斯．馬歇爾海軍中將，表情鎮定的對科斯納艦長說道。

「艦長，他們走鋸齒狀的路線，故意放慢速度，好像在觀察我們的情況。」

「繼續前進，我方將會一直南下。」

「日本艦隊爲了要切斷中國艦隊的航路，已經迅速朝目的地出發。因此，他們應該會加快腳步才對，難道是因爲害怕我們，企圖逃回三十度線以北的地區嗎？」

「這是不可能的。這次的航空母艦戰鬥群，與以前的航空母艦戰鬥群相比，防空裝備相當的進步，而且擁有的艦載機，也搭載了新型的亞克布雷克141。不只蘇凱27增強，護衛艦數也增加一倍，看起來意氣風發呢！」

「難道他們沒有記取失敗的教訓嗎？」

「這才像中國人的作風。他們的報復觀念比其他民族強，所以成爲世界上歷史最悠久的民族，他們相當的自豪呢！」

「該怎麼辦？敵方艦隊的速度放慢了，我們是否要配合改變航路？到時候暴風圈會跟過來，是否不必繞過颱風，就可以接近敵人呢？」

「改變航路，計算一下。」

馬歇爾司令官點頭說道。

「航海長，計算會敵路線。」

「遵命！」

科斯納艦長命令航海長海軍中校。

風鳴器響起。

『緊急警報！接到鷹眼的通報。敵機二編隊朝艦隊飛過來。第一編隊距離二六〇公里，第二編隊三五〇公里。』

馬歇爾司令官以平靜的語氣問道。

「敵機編隊機數多少？」

『第一編隊二十四架J7戰鬥機隊。第二編隊則是J6與J7戰鬥機的混合隊。』

「難道要在暴風雨中進行攻擊嗎？」

科斯納艦長語氣焦躁。

「就是因為暴風雨，他們才要攻擊呀！他們判斷我們的艦載機在狂風暴雨中很難出發。」

馬歇爾司令官看著並排前行的核動力航空母艦「尼米茲號」和「小鷹號」的巨大船身。

在風雨飄搖當中，飛行甲板上的要員正在進行截擊戰鬥機F—14熊貓的起飛準備。

「司令官，准許起飛嗎？」

「即使能夠起飛，戰鬥結束返航時卻很難降落。看這種搖晃的情況，現在發艦似乎有點勉強。」

馬歇爾司令官首次露出凝重的表情，看著航空母艦「尼米茲號」的情況。

風鳴器響起。

『航空母艦尼米茲號飛行隊司令史密斯上校和小鷹飛行隊司令摩里斯上校提出要求。』

馬歇爾司令官點點頭。

「要求准許他們出擊嗎？」

『是的，要求准許他們立刻迎擊。』

「等一下，等風雨減弱再說。」

『但是……』

馬歇爾司令官搖搖頭，詢問擔任氣象情報的士官。

「今後的天候如何？預計還要多久風雨才會停止。」

「大概要一小時。」

「是嗎？一小時啊！」

「可能吧！」

「好，通知尼米茲號的史密斯飛行司令，允許他出擊。」

『出擊！』

「告訴迎擊隊飛行員們，祝他們幸運！」

通信士複誦。

科斯納艦長覺得詫異。

「真的沒問題嗎？」

「如果能夠降落，空中加油機應該就能飛。在空中加完油，讓他們回到琉球，或者是在空中待命。」

馬歇爾司令官冷冷的說著。

科斯納艦長似乎擔心飛機中彈，但是，並沒有說出來。

「因為遇到颱風這個阻撓者，所以即使遲了，還是要決戰。這次一定要將中國艦隊擊潰到體無完膚的地步。艦長，拜託你了。」

「是的。」

科斯納艦長面露緊張的神情回答。

「艦長，會敵路線計算出來了。」

「好，情況如何？」

科斯納艦長望向航海長桌上的海圖。看到修正的路線。

「根據修正的路線，六小時之後，與對方的距離將會縮短至一五〇公里。」

一五〇公里是勉強進入反艦導彈射程內的距離。這個距離並不是在中國艦隊方面的反艦導彈「海鷹」等的射程內。第七艦隊則可以從外圍攻擊敵方艦隊。

「連接艦隊無線頻道。」

科斯納艦長命令通信士官。通信士官打開連接全艦的無線頻道。

「旗艦通知全艦。航向變更二六〇。第二戰速。一起掉頭。」

科斯納艦長命令全艦操舵員。聽到複誦聲響起。

操舵員轉動舵輪，更改航向。旗艦「藍山脊」的船頭緩緩掉頭。

「航海長，會敵位置在哪裏？」

馬歇爾司令官看著海圖問道。

「北緯二十七度三十分、東經一二四度四十分。」

航海長中校指著海圖的一點說道。

「通信士官，發電報通知日本艦隊會敵位置。與他們會合。如果不和他們聯手對抗中國艦隊，我們會處於劣勢，了解嗎？」

「遵命！」

通信士官複誦著。

核動航母「尼米茲號」和航空母艦「小鷹號」上的熊貓已經飛離。熊貓無懼於狂風暴雨，朝灰色的雲陸續飛去。引擎聲劃破風雨聲。

馬歇爾司令官和科司納艦長，以熱心期待的眼光目送熊貓離去。

在第七艦隊的前方，有什麼東西在等待他們呢？這時的兩人，根本完全沒有想到。

東海的浴血海戰，在狂風暴雨後的寧靜中展開了。

（請繼續閱讀『東海海戰(2)』）

軍力比較資料

自衛隊

◎以下是中日戰爭時的軍隊編組

參謀長聯席會議議長
參謀長聯席會議（市ヶ谷）
中央情報本部（市ヶ谷）

⊙航空自衛隊

航空參謀長
航空參謀部
航空總隊（府中）
航空總隊司令部（入間）
電子戰支援隊（入間）　YS—11E、EC—1　移動到琉球
電子飛行測定隊　YS—11E
偵察飛行隊（百里）
第五〇一飛行隊　RF—4E、RF—4EJ　派遣到台灣支援PKF
防空指揮群（府中）
飛行教育隊（新田原）　F15J
警戒航空隊
第六〇一飛行隊（三澤）　E—2C

第六〇二飛行隊（小松）　E767AWACS　移動到琉球　派遣到台灣支援PKF
程式管理隊（入間）
教導高砲群（濱松）
★北部航空方面隊
北部航空方面隊司令部（三澤）
北部航空警戒管制團（三澤）
第二航空團（千歲）
第二〇一飛行隊　F—15J
第二〇三飛行隊　F—15J　派遣到台灣支援PKF
第三航空團（三澤）
第三飛行隊　F—2（F—1退役）
第八飛行隊　F—4EJ改良型　派遣到台灣支援PKF　移動到琉球
第三高砲群（千歲）　千歲、長沼（愛國者飛彈）
第六高砲群（三澤）　八雲、車力（愛國者飛彈）

北部航空工兵隊（三澤）
第一基地防空群（千歲）
★中部航空方面隊
中部航空方面隊司令部（入間）
中部航空警戒管制團（入間）
第六航空團（小松）
第三〇三飛行隊　F—15J　移動到琉球
第三〇六飛行隊　F—4EJ改良型變更爲F—15J　派遣到台灣支援PKF
第七航空團（百里）
第二〇四飛行隊　F—15J　移動到琉球
第三〇五飛行隊　F—15J
第一高砲群（入間）　入間、武山、習志野、霞浦（愛國者飛彈）
第四高砲群（岐阜）　饗庭野、岐阜、白山（愛國者飛彈）
中部航空工兵隊（入間）　入間、小松、百里
硫黃島基地隊
各基地防空隊
★西部航空方面隊
西部航空方面隊司令部（春日）
西部航空警戒管制團（春日）
第五航空團（新田原）
第二〇二飛行隊　F—15J

第三〇一飛行隊　F—4EJ改良型　派遣到台灣支援PKF
第八航空團（築城）
第三〇四飛行隊　F—15　派遣到台灣支援PKF
第六飛行隊　F—4EJ改良型（F—1退役）　移動到琉球
第二高砲群（春日）
第五〇一基地防衛隊
西部航空工兵隊（蘆屋）
西部航空司令部支援飛行隊（春日）
★西南航空混合團
西南航空混合團司令部（那霸）
西南航空警戒管制團（那霸）
第八三航空隊
第二〇二飛行隊　F—4EJ改良型　派遣一部分到台灣支援PKF
西南支援飛行班　F—4、B—65
第五高砲群（那霸）　那霸、恩納、知念（愛國者飛彈）
西南航空工兵隊（那霸）
★航空支援集團
航空支援集團司令部（府中）
航空救援團（入間）　千歲、那霸等各基地的救援隊

及其他
航空保安管制群（入間）
航空氣象群（府中）
飛行檢查隊（入間） U—125、T—33A、YS—11
☆運輸航空隊
第一運輸航空隊（小松）
派遣到台灣支援PKF
第四〇一飛行隊 C130H
第二運輸航空隊（入間）
第四〇二飛行隊 C—1、YS—11
派遣到台灣支援PKF
第三運輸航空隊（美保）
第四〇三飛行隊 C—1、YS—11、U—4
派遣到台灣支援PKF
第四一教育飛行隊 T—400
特別運輸航空隊（千歲）
第七〇一飛行隊 B—747
★航空教育集團
航空教育集團司令部（濱松）
第一航空團（濱松）
第三一教育飛行隊 T—4
第三二教育飛行隊 T—4
第四航空團（松島）

第二一飛行隊 T—2
第二二飛行隊 T—2
第十一飛行隊 T—4藍因帕雷
第十一飛行教育團（靜濱） T—3
第十二飛行教育團（防府北） T—3
第十三飛行教育團（蘆屋） T—1／T—4
航空教育隊（防府南、熊谷）
候補軍官學校（奈良） 其他術科學校
★航空開發實驗集團
航空開發實驗集團司令部（入間）
航空醫學實驗隊（立川）
電子開發實驗群（入間）
飛行開發實驗團（岐阜）
★補給總部（市ヶ谷） 第一到第四補給處

⊙海上自衛隊

海上參謀長
海上參謀部（橫須賀）
自衛艦隊
自衛艦隊司令部（橫須賀）
★護衛隊群
護衛隊群司令部（橫須賀）
共同護衛隊群（＊號）
☆第一護衛隊群（橫須賀）

ＤＤＨ１４４「倉間」＊
第四六護衛隊（橫須賀）
ＤＤ１５３「夕霧」＊
ＤＤ１５４「雨霧」＊
第四八護衛隊（橫須賀）
ＤＤＧ１０１「春雨」＊
ＤＤ１５５「濱霧」＊
ＤＤ１５７「澤霧」＊
第六一護衛隊（橫須賀）
宙斯盾艦ＤＤ１７３「金剛」＊（共同護衛隊群旗艦）
ＤＤＧ１７１「旗風」＊
補給艦
ＡＯＥ４２２「永久號」
第一二一航空隊　ＳＨ—60Ｊ
☆第二護衛隊群（佐世保）
ＤＤＨ１４３「白根」　在第二波攻擊中後部甲板中彈，中度受損，能自力航行回航。
第四四護衛隊（吳）
ＤＤ１２９「山雪」　在第三波攻擊中中彈受損，不能航行。
ＤＤ１３０「松雪」　在第一波攻擊中被中國海軍艦反艦導彈擊沉。
第四七護衛隊（佐世保）

ＤＤＧ１〇２「村雨」＊
ＤＤ１５６「瀨戶霧」　在第二波攻擊中受到反艦導彈攻擊，被擊沉。
ＤＤ１５８「海霧」　在第二波攻擊中後部直升機甲板中彈，輕微破損，航行無礙。
第六二護衛隊（佐世保）
宙斯盾艦ＤＤ１７４「霧島」＊
ＤＤＧ１７２「島風」＊
補給艦
ＡＯＥ４２３「常磐」
第一二二航空隊　ＳＨ—60Ｊ
☆第三護衛隊群（舞鶴）　**派遣到台灣支援ＰＫＦ**
ＤＤＨ１４１「春名」
第四二護衛隊（舞鶴）
ＤＤ１２８「春雪」
ＤＤ１３１「瀨戶雪」
第四五護衛隊（佐世保）
ＤＤＧ１６８「立風」
ＤＤ１５１「朝霧」
ＤＤ１５２「山霧」
第六三護衛隊（舞鶴）
宙斯盾ＤＤ１７５「妙工」
ＤＤＧ１６９「朝風」
補給艦

ＡＯＥ４２１「逆見」
第一二三航空隊　ＳＨ—60Ｊ
☆第四護衛隊群（吳）
ＤＤＨ１４２「冷井」
第四一護衛隊（大湊）
ＤＤ１２５「澤雪」
ＤＤ１２６「濱雪」
ＤＤ１２７「磯雪」
第四三護衛隊（橫須賀）
ＤＤ１３２「朝雪」
ＤＤ１３３「島雪」
第六四護衛隊（吳）
宙斯盾ＤＤ１７６「潮解」
ＤＤＧ１７０「澤風」
補給艦
ＡＯＥ４２４「濱名」
第一二四航空隊　ＳＨ—60Ｊ

★運輸隊群

運輸隊群司令部

☆第一運輸隊（橫須賀）　**派遣到台灣支援ＰＫＦ**
ＬＳＴ４１５１「見裏」
ＬＳＴ４１５２「牡鹿」
ＬＳＴ４１５３「札間」
☆第二運輸隊（橫須賀）　**派遣到台灣支援ＰＫＦ**
ＬＳＴ４００１「大隅」
ＬＳＴ４００２「知茶」
ＬＳＴ４００３「霜北」
☆第三運輸隊（佐世保）　**派遣到台灣支援ＰＫＦ**
ＬＳＤ４２０１「後見」（船塢型突襲登陸艦・臨時航空母艦）＊
ＬＳＤ４２０２「合歡爐」（同）＊

★潛艇隊（橫須賀）

潛艇隊司令部（橫須賀）

☆第一潛水隊群（吳）
ＡＳＲ４０２「不死身」　潛艇救援艦
ＡＳＵ７０１８「朝雲」　勤務艦（護衛艦ＤＤ山雲型三號艦修改ＦＡＲＭ）
ＡＴＳＳ８００６「夕潮」　教練潛艇
第一潛水隊
ＳＳ５７５「瀨戶潮」
ＳＳ５７６「沖潮」
ＳＳ５７９「秋潮」
第五潛水隊
ＳＳ５８３「春潮」
ＳＳ５８４「夏潮」
ＳＳ５８７「若潮」
第六潛水隊
ＳＳ５８５「早潮」

SS586「荒潮」
SS588「冬潮」
☆第二潛水隊群（橫須賀）
AS405「千代田」　潛艇救援艦
ASU7019「望月」　勤務艦（事實上是將護衛艦DD「高月」型的二號艦「菊月」進行現代化修改FARM艦）
第二潛水隊
SS577「灘潮」
SS578「濱潮」
第三潛水隊
SS589「朝潮」
SS590「親潮」
第四潛水隊
SS580「竹潮」
SS581「雪潮」
SS582「幸潮」

★掃雷隊

掃雷隊司令部

☆第一掃雷隊群（吳）
MST462「朝瀬」
第一四掃雷隊（佐世保）
MSC656「藥島」
MSC657「鳴島」

MSC669「曾孫島」
第一六掃雷隊（吳）　**移動到琉球**
MSC662「濡島」
MSC663「枝島」
第一九掃雷隊（吳）　**移動到琉球**
MSC665「姫島」
MSC666「置島」
MSC667「兩島」
第二三掃雷隊（吳）
MSC676「汲島」　**移動到琉球**
MSC677「撒島」
MSC678「跳島」
☆第二掃雷隊群（橫須賀）
MST463「裏賀」（橫須賀）**移動到琉球**
MMC951「草屋」（橫須賀）
第二十掃雷隊（大湊）
MSC670「泡島」
MSC671「朔島」
第二一掃雷隊（橫須賀）　**移動到琉球**
MSC674「月島」
MSC675「前島」
第二二掃雷隊（橫須賀）
MSO301「八重山」
MSO302「都島」

ＭＳＯ３０３「八丈」
第五一掃雷隊（橫須賀）
☆開發指導隊群（橫須賀）
試驗船ＡＳＥ６１０１「栗濱」
試驗船ＡＳＥ６１０２「明日賀」
★地方隊
☆橫須賀地方隊（從岩手到三重）
橫須賀地方隊司令部
第三三護衛隊
ＤＥ２２３「佳野」
ＤＥ２２４「熊野」
ＤＥ２２５「野白」
第三七護衛隊
ＤＤ１２２「八雪」
ＤＥ２２〇「千歲」
ＤＥ２２１「二淀」
第十掃雷隊
ＭＳＣ６５３「浮島」
ＭＳＣ６６８「百合島」
小笠原分遣隊（父島）
勤務艦八五號ＡＳＵ85
直轄艦
破冰艦ＡＧＢ５００２「白瀨」
ＬＣＵ２００２「運輸艇二號」

☆佐世保地方隊（從山口經過對馬海峽，從東海到台灣海峽附近）
佐世保地方隊司令部
ＤＤＡ１６４「高月」
第三九護衛隊
ＤＥ２３１「大淀」
ＤＥ２３２「千代」
ＤＥ２３４「戶根」
第三四護衛隊
ＤＥ２２９「虻熊」
ＤＥ２３０「陣痛」
ＤＥ２３３「千熊」
第一一掃雷隊（下關基地隊）
ＭＳＣ６５０「二之島」
ＭＳＣ６５１「宮島」
第一三掃雷隊（琉球基地隊）
ＭＳＣ６５４「大島」
ＭＳＣ６５５「兒島」
直轄艦
ＬＣＵ２００１「運輸艇一號」
佐世保地方隊大村飛行隊所屬對馬防備隊
西克魯斯基ＨＳＳ－２Ｂ千鳥四架
☆舞鶴地方隊（負責連結秋田與島根的日本海地區）
舞鶴地方隊司令部

第二護衛隊
DD119「青雲」
DD120「秋雲」
DD121「夕雲」
第三一護衛隊
DE217「見熊」
DE219「岩瀬」
第一二掃雷隊
MSC652「繪之島」
MSC661「高島」
直轄艦
LSU4172「野戶」
☆大湊地方隊（負責與俄羅斯的北方海峽部分，進行宗谷海峽、津輕海峽的海上監視）
大湊地方隊司令部
第二三護衛隊
DD123「白雪」
DD124「峰雪」
第三五護衛隊
DE226「石雁」
DE227「夕梁」
DE228「夕鷲」
第一七掃雷隊（函館基地隊）
MSC660「母島」

MSC664「神島」
大湊航空隊直升機
第一導彈艇隊（余市防備隊）
稚內基地分遣隊
直轄艦
LST4102「元武」
☆吳地方隊（從瀨戶內海、和歌山到宮崎）
吳地方隊司令部
第二二護衛隊
DD118「村雲」
DD165「菊月」
第三八護衛隊
DE218「都下治」
DE222「手潮」
第101掃雷隊　負責內海淺海面的掃雷工作
第一五掃雷隊（阪神基地隊　小型總參謀部的部隊）
MSC658「父島」
MSC659「鳥島」
第一港灣巡邏隊
巡邏艇二五號PB925
二六號PB926
二七號PB927
吳警備隊　佐伯基地分遣隊：勤務艇八四號A

SU84

直轄艦

LSU4171「愉樂」

小松航空隊　負責相當於內海東入口的紀伊水道

地區的港灣防備工作，反潛直升機

部隊

☆練習艦隊（吳市）

★航空集團

航空集團司令部（綾瀨）

第一航空群（鹿屋）　P3C

救援航空隊（UH60）　US—1A改良型

救援飛船

第二航空群（八戶）P3C

救援航空隊（UH60）　US—1A改良型

救援飛船、UH—60J救援直升機

第四航空群（厚木）　硫黃島基地、南鳥島基

地P3C

救援航空隊（UH60）　US—1A改良型

救援飛船、UH—J救援直升機

第五航空群（那霸）　P3C

第二一航空群（館山）　反潛飛行隊、護衛艦

搭載直升機的原飛行隊

HSS—2、SH—60J、UP3C／D電

子戰訓

練支援機（各護衛隊群各有一架）、UH—60

J救援直升機

第一二一航空隊

第一二四航空隊

第二二航空群（大村）反潛飛行隊、護衛艦搭

載直升機的原飛行隊

HSS—2、SH—60J、UP、3D電子

訓練支援機（各護衛隊群各有一架）

第一二二航空隊

第一二三航空隊

第三一航空群（岩國）　USI、U36等

第八一航空隊　EP3（電子戰情報搜集機）

第一一一航空隊　從空中去除水雷的直升機掃

雷部隊　MH53E

第五一航空隊（厚木）　負責航空相關研究開發

各機種

第六一航空隊（厚木）　運輸、支援艦隊、YS

11、LC90

第11航空群（厚木）　AV—8鷂式—Ⅲ

第一〇一航空隊（厚木）　搭載LSD「厚見

」　派遣到台灣支援PKF

第一〇二航空隊（岩國）　搭載LSD「合歡

爐」　派遣到台灣支援PKF

第一〇三航空隊（鹿屋）

第一〇四航空隊（大村）
航空管制隊（厚木）
航空工兵隊（八戶）

★教育航空集團

教育航空集團司令部（千葉・沼南町）
下總教育航空群（同）
德島教育航空群（德島・松茂町）
小月教育航空群（下關）
第二一一教育航空群（鹿屋）

⊙陸上自衛隊

陸上參謀長

陸上參謀部

★北部方面隊

北部方面隊總參謀部（札幌市）
第二師團　師團司令部（旭川市）
第三步兵團（名寄市）
第二五步兵團（紋別郡遠輕町）
第二六步兵團（留萌市）
第二砲兵團（旭川市）
第二坦克團（上富良野町）
第二後方支援團（旭川市）
此外，還有工兵大隊、飛行隊、偵察隊等
第七師團（裝甲師團）師團司令部（千歲市）

派遣到台灣支援PKF（第一軍）

第一一步兵團（千歲市）
第七一坦克團（千歲市）
第七二坦克團（惠庭市）
第七三坦克團（惠庭市）
第七砲兵團（千歲市）
第七高射砲兵團（靜內町）
第七後方支援團（千歲市）
此外，還有偵察隊、反坦克隊、工兵大隊、通信大隊、飛行隊等
第五旅團　旅團司令部（帶廣市）
第四步兵團（帶廣市）
第六步兵團（美幌町）
第二七步兵團（釧路市）
第五砲兵團（帶廣市）
第五後方支援團（帶廣市）
此外，還有工兵大隊、偵察隊、反坦克隊、通信大隊、飛行隊等
第一一旅團　旅團司令部（真駒內）
第十步兵團（瀧川市）
第一八步兵團（札幌市）
第二八步兵團（函館市）
第十一砲兵團（札幌市）
此外，還有工兵大隊、偵察隊、反坦克隊、

通信大隊等
第一砲兵團（千歲市）
第一砲兵群（千歲市）裝備ＭＬＲＳ
派遣到台灣支援ＰＫＦ（第一軍）
第四砲兵群（上富良野町）裝備ＭＬＲＳ
派遣到台灣支援ＰＫＦ（第一軍）
第一地對艦飛彈團（千歲市）
第二地對艦飛彈團（美唄市）
第三地對艦飛彈團（上富良野町）
第一高射砲兵團（千歲市）
第一高射砲兵群（千歲市）
派遣到台灣支援ＰＫＦ（第一軍）
第四高射砲兵群（名寄市）
第一坦克群（惠庭市）
第一反坦克直升機隊（帶廣市）
第三工兵團（惠庭市）
第一工兵群（惠庭市）
派遣到台灣支援ＰＫＦ（第一軍）
第十二工兵群（岩見澤市）
第十三工兵群（登別市）
第三教育團（札幌市）
北部方面通信群（札幌市）
北部方面航空隊（札幌市）
其他方面直轄部隊

★東北方面隊
東北方面隊總參謀部（仙台市）
第六師團　師團司令部（東根市）
第二十步兵團（東根市）
第二一步兵團（秋田市）
第二二步兵團（多賀城市）
第四四步兵團（福島市）
第六砲兵團（郡山市）
第六後方支援團（東根市）
此外，還有坦克大隊、工兵大隊、反坦克隊、偵察隊、飛行隊等
（第六師團除了支援青函地區的第九旅團、京濱地區的第一師團之外，也負有機動支援全國任務）
第九旅團　旅團司令部（青森市）
派遣到台灣支援ＰＫＦ（從高雄登陸・第五軍）
第五步兵團（青森市）
第三八步兵團（八戶市）
第三九步兵團（弘前市）
第九砲兵團（岩手縣瀧澤町）
第九後方支援團（青森市）
此外，還有坦克大隊、工兵大隊、反坦克隊等
第二砲兵群（仙台市）
第四地對艦飛彈團（八戶市）

第五高射砲兵群（八戶市）
第二反坦克直升機隊（八戶市）
派遣到台灣支援ＰＫＦ（台中・第四軍）
第二工兵團（宮城縣柴田町）
第十工兵群（柴田町）
第一一工兵群（福島市）
派遣到台灣支援ＰＫＦ（高雄・第五軍）
第一教育團（多賀城市）
東北方面通信群（仙台市）
東北方面航空隊（仙台市）
其他方面直轄部隊

★東部地方隊
東部方面隊總參謀部（練馬區）
第一師團　師團司令部（練馬區）
派遣到台灣支援ＰＫＦ（第一軍）
第一步兵團（練馬區）
第三一步兵團（練馬區）
第三二步兵團（新宿區）
第三四步兵團（御殿場市）
第一砲兵團（御殿場市）
派遣到台灣支援ＰＫＦ（第一軍）
第一後方支援團（練馬區）
派遣到台灣支援ＰＫＦ（第一軍）
此外，還有坦克大隊、工兵大隊、偵察隊、通信大隊、飛行隊等
第一二旅團（相馬原）旅團司令部（群馬縣榛東村）
派遣到台灣支援ＰＫＦ（第四軍）
第二步兵團（上越市）
第一三步兵團（松本市）
第三十步兵團（新發田市）
第一二砲兵團（宇都宮市）
第一二後方支援團（榛東村）
此外，還有坦克大隊、工兵大隊、通信大隊、反坦克隊、偵察隊、飛行隊等
（第一二旅團機動支援全國各地，爲空中機動旅團）第一空降旅
第一空降旅本部（船橋）
派遣到台灣支援ＰＫＦ（第一軍）
第一〇一步兵群（步兵中隊四個、重迫中隊一個）
反坦克隊（重ＭＡＴ裝備）
砲兵大隊（一二〇釐米迫擊砲ＲＴ裝備）
還有工兵隊、降落傘檢修中隊
第四反坦克直升機隊（木更津市）
派遣到台灣支援ＰＫＦ（第一軍）
第一工兵團（練馬區）
第三工兵群（座間市）
第四工兵群（宇都宮市）

派遣到台灣支援PKF（第一軍）

第五工兵群（上越市）

第一教育團（橫須賀市）

東部方面通信群（練馬區）

東部方面航空隊（立川市）

其他直轄部隊

★中部方面隊

中部方面總參謀部（伊丹市）

第三師團　師團司令部（伊丹市）

第一步兵團（福知山市）

第三六步兵團（伊丹市）

第三七步兵團（和泉市）

第三砲兵團（姬路市）

第三後方支援團（伊丹市）

此外，還有坦克大隊、工兵大隊、通信大隊、偵察隊、飛行隊等

第十師團　師團司令部（名古屋市）

第一四步兵團（金澤市）

第三三步兵團（久居市）

第三五步兵團（名古屋市）

第一二砲兵團（岡山縣奈義町）

第一二後方支援團（海田町）

此外，還有坦克大隊、反坦克隊、工兵大隊、通信大隊等

（第十師團除了支援京濱地區的第一師團、阪神地區的第三師團之外，機動支援全國）

第一三旅團　旅團司令部（海田市）

派遣到台灣支援PKF（第一軍）

第八步兵團（米子市）

第一七步兵團（山口市）

第四六步兵團（海田町）

第一三砲兵團（奈義町）

第一三後方支援團（海田町）

此外，還有坦克大隊、反坦克隊、工兵大隊、偵察隊、通信大隊等

（第一三旅團機動支援全國，爲海上機動旅團）

第二旅團　旅團司令部（前第二混合團・善通寺）

派遣到台灣支援PKF（第一軍）

第一五步兵團（善通寺）

此外，還有砲兵大隊、反坦克隊、工兵大隊、偵察隊、通信大隊等

（第二旅團機動支援全國，爲空中機動旅團）

第八高射砲兵群（小野市）

第五反坦克直升機隊（明野）

派遣到台灣支援PKF（第一軍）

第四工兵團（宇治市）

第六工兵群（豐川市）

派遣到台灣支援PKF（第一軍）

第七工兵群（宇治市）
第八工兵群（善通市）
第二教育團（大津市）
中部方面通信群（伊丹市）
中部方面航空隊（八尾市）
其他　直轄部隊

★西部方面隊

西部方面隊總參謀部部（熊本市）
第四師團　師團司令部（春日市）
第一六步兵團（大村市）
第一九步兵團（春日市）
第四十步兵團（北九州市）
第四一步兵團（別府市）
第四砲兵團（久留米市）
第四後方支援團（春日市）
對馬警備團（巖原市）

此外，還有坦克大隊、反坦克隊、工兵大隊、偵察隊、通信大隊等

（第四師團接受對馬警備任務。對馬警備隊通常是中隊規模，但是在緊急時刻，具有師團本部機能）

第八師團　師團司令部（北熊本）
派遣到台灣支援ＰＫＦ（從花蓮登陸・第三軍）
第一二步兵團（國分市）
第二四步兵團（海老市）
第四二步兵團（熊本市）
第四三步兵團（都城市）
第八砲兵團（熊本市）
第八後方支援團（熊本市）

此外，還有坦克大隊、反坦克隊、工兵大隊、偵察隊、通信大隊等

（第八師團機動支援關門・對馬海峽、琉球及全國）

第二空降旅
第二空降旅本部（名護市）
第一〇二步兵群（步兵中隊三個、重迫中隊一個）
反坦克隊（重ＭＡＴ裝備）
砲兵大隊（一二〇釐米迫擊砲ＲＴ裝備）
工兵隊、降落傘檢修中隊及其他

第一旅團　（前第一混合團）　旅團司令部（那霸市）
第一混合群（那霸市）
第六高射砲兵群（東風平市）
第二高射砲兵團（飯塚市）
第三高射砲兵群（飯塚市）
派遣到台灣支援ＰＫＦ（花蓮・第三軍）
第七高射砲兵群（大村市）

第三反坦克直升機隊（目達原）

派遣到台灣支援ＰＫＦ（花蓮・第三軍）

第五工兵團（小郡市）

第二工兵群（飯塚市）

派遣到台灣支援ＰＫＦ（花蓮・第三軍）

第九工兵群（小郡市）

第三教育團（佐世保市）

西部方面通信群（熊本市）

西部方面航空隊（益城市）

其他方面直轄部隊

註

＊步兵團，由團本部、本部管理中隊、四個步兵中隊（因為人員不足，有時為三個）、一個重迫擊砲中隊、一個反坦克中隊編成。（但是第一師團則尚有一個反坦克中隊）

＊砲兵大隊，由本部管理中隊、三個射擊中隊、高射砲中隊編成。

＊反坦克直升機隊，由十六架ＡＨ—１Ｓ眼鏡蛇、四架ＯＨ—１或ＯＨ—６Ｄ，總計二十架編成。

＊戰時，每個步兵團都會編成「團戰鬥團」出動。「團戰鬥團」以一個步兵團為基礎，加上砲兵大隊、坦克中隊、工兵中隊、高射砲兵小隊、通信支援共通小隊、武器直接支援小隊、衛生小隊、救護車分隊等各一個，編成戰鬥部隊。戰鬥員約二萬人，是屬於小型但卻能發揮實戰效果的戰鬥單位。

⊙防衛廳

長官直轄部隊

第一直升機團（木更津市）　空中機動

第二直升機團（大村市）　空中機動

通信團（東京都新宿區市谷）—中央野外通信群（橫須賀市）

警務隊（芝浦）—方面警務隊—地區警務隊（師團單位）—屯駐地派遣隊

富士教導團（富士學校直轄。戰時會成為機動運用部隊的小型師團）

團本部中隊（具有指揮通信、反坦克、衛生等機能）

步兵教導團

坦克、偵察、砲兵教導隊

工兵大隊

反坦克直升機教導隊（第六反坦克直升機隊）

裝備開發實驗隊（富士學校直轄）

◇美國海軍第七艦隊

橫須賀母港

藍山脊號　LCC—19　第七艦隊旗艦

☆第五航空母艦戰鬥群

小鷹號　CV—63　航空母艦

尼米茲號　CVN—68　核動力航空母艦

銀行山號　CG—52　宙斯盾巡洋艦

移動灣號　CG—53　宙斯盾巡洋艦

長塞拉茲比爾號　CG—62　宙斯盾巡洋艦

卡提斯·威爾巴號　DDG—64　宙斯盾驅逐艦

約翰·S·麥肯號　DDG—56　飛彈驅逐艦

休伊特號　DD—966

卡辛格號　DD—985

洛德尼·M·大衛號　FFG—60　飛彈護衛艦

沙奇號　FFG—43　飛彈護衛艦

邦迪格里夫特號　FFG—48　飛彈護衛艦

◆歐布萊恩號　DD—975　被中國空軍反艦導彈擊沈

◆卞茲號　FFG—38　中彈，嚴重受損，無法航行

◆馬克爾斯基號　FFG—41　中彈，中度受損，能夠自力航行

佐世保母港

☆兩棲戰鬥群

波弗特號　ATS—2

貝勞·伍德號　LHA—3

布倫斯威克號　ATS—3

都布克號　LPD—8

福特·馬克亨利號　LSD—43

日耳曼城號　LSD—42

衛士號　MCM—5

愛國者號　MCM—7

◇台灣PKF派遣部隊一覽表

第一軍　第三戰線（中國方面所謂的東部戰線）
在東海海安海岸，利用海軍自衛隊LST、LSD、美國海軍登陸艦登陸
先遣隊　第八工兵群　六〇〇人
第二旅第十五團戰鬥團（空中機動旅）　總計二五〇〇人
第五反坦克直升機隊
第二直升機團第一運輸直升機大隊
琉球第一〇一飛行隊（運輸直升機）
第十三旅第八團戰鬥團　總計六〇〇〇人
　第一七團戰鬥團
　第四六團戰鬥團
第七師第十一團戰鬥團　總計七一〇〇人
　第七一坦克團
　第七二坦克團
　第七三坦克團
第一師第一團戰鬥團　總計九〇〇〇人
　第三一團戰鬥團
　第三二團戰鬥團
　第三四團戰鬥團
　第一後方支援團
第一空降旅　步兵群

空軍自衛隊第一航空運輸隊
　第二航空運輸隊
第二軍　第一戰線（中國方面所謂的西部戰線）
在台中港登陸部隊
台灣艦隊、英・法聯合艦隊護衛
法國遠征軍（外國人部隊）二個旅
英軍廓爾喀兵部隊　二個旅
第三軍　第三戰線
在花蓮港登陸　成爲補給後方基地。支援補給第一軍，爲戰術預備軍
陸軍自衛隊第八師
第三反坦克直升機隊
澳洲部隊一個步兵大隊
紐西蘭部隊一個步兵大隊
加拿大部隊一個步兵大隊
第四軍　第二戰線
在台南港登陸　擅長山地戰的部隊
陸軍自衛隊第12旅
第二戰車直升機隊
德軍山地部隊一個旅
　一個反坦克直升機中隊
第五軍　高雄・聯合國PKF司令部

在高雄港登陸　爲戰略預備部隊　總兵力二萬人

日本陸軍自衛隊第九旅團

EU緊急展開部隊（英國、法國、德國、比利時、荷蘭、羅馬尼亞、波蘭等的混合部隊）一個機械化旅

ASEAN維持和平軍（菲律賓、馬來西亞、泰國、印尼、新加坡等的混合部隊）

印度軍一個步兵旅

奈及利亞軍一個工兵大隊（防空飛彈）

法律專欄連載・大展編號 58

台大法學院　　法律學系／策劃
　　　　　　　法律服務社／編著

1. 別讓您的權利睡著了(1)　200 元
2. 別讓您的權利睡著了(2)　200 元

・生活廣場・品冠編號 61・

1. 366 天誕生星　李芳黛譯　280 元
2. 366 天誕生花與誕生石　李芳黛譯　280 元
3. 科學命相　淺野八郎著　220 元
4. 已知的他界科學　陳蒼杰譯　220 元
5. 開拓未來的他界科學　陳蒼杰譯　220 元
6. 世紀末變態心理犯罪檔案　沈永嘉譯　240 元
7. 366 天開運年鑑　林廷宇編著　230 元
8. 色彩學與你　野村順一著　230 元
9. 科學手相　淺野八郎著　230 元
10. 你也能成為戀愛高手　柯富陽編著　220 元
11. 血型與十二星座　許淑瑛編著　230 元
12. 動物測驗—人性現形　淺野八郎著　200 元
13. 愛情、幸福完全自測　淺野八郎著　200 元
14. 輕鬆攻佔女性　趙奕世編著　230 元
15. 解讀命運密碼　郭宗德著　200 元
16. 由客家了解亞洲　高木桂藏著　220 元

・女醫師系列・品冠編號 62

1. 子宮內膜症　國府田清子著　200 元
2. 子宮肌瘤　黑島淳子著　200 元
3. 上班女性的壓力症候群　池下育子著　200 元
4. 漏尿、尿失禁　中田真木著　200 元
5. 高齡生產　大鷹美子著　200 元
6. 子宮癌　上坊敏子著　200 元

7. 避孕　早乙女智子著　200 元
8. 不孕症　中村春根著　200 元
9. 生理痛與生理不順　堀口雅子著　200 元
10. 更年期　野末悅子著　200 元

・傳統民俗療法・品冠編號 63

1. 神奇刀療法　潘文雄著　200 元
2. 神奇拍打療法　安在峰著　200 元
3. 神奇拔罐療法　安在峰著　200 元
4. 神奇艾灸療法　安在峰著　200 元
5. 神奇貼敷療法　安在峰著　200 元
6. 神奇薰洗療法　安在峰著　200 元
7. 神奇耳穴療法　安在峰著　200 元
8. 神奇指針療法　安在峰著　200 元
9. 神奇藥酒療法　安在峰著　200 元
10. 神奇藥茶療法　安在峰著　200 元
11. 神奇推拿療法　張貴荷著　200 元

・彩色圖解保健・品冠編號 64

1. 瘦身　主婦之友社　300 元
2. 腰痛　主婦之友社　300 元
3. 肩膀痠痛　主婦之友社　300 元
4. 腰、膝、腳的疼痛　主婦之友社　300 元
5. 壓力、精神疲勞　主婦之友社　300 元
6. 眼睛疲勞、視力減退　主婦之友社　300 元

・心 想 事 成・品冠編號 65

1. 魔法愛情點心　結城莫拉著　120 元
2. 可愛手工飾品　結城莫拉著　120 元
3. 可愛打扮 & 髮型　結城莫拉著　120 元
4. 撲克牌算命　結城莫拉著　120 元

・少年偵探・品冠編號 66

1. 怪盜二十面相　江戶川亂步著　特價 189 元
2. 少年偵探團　江戶川亂步著　特價 189 元
3. 妖怪博士　江戶川亂步著　特價 189 元
4. 大金塊　江戶川亂步著　特價 230 元
5. 青銅魔人　江戶川亂步著　特價 230 元
6. 地底魔術王　江戶川亂步著　特價 230 元

7. 透明怪人	江戶川亂步著	特價 230 元
8. 怪人四十面相	江戶川亂步著	特價 230 元
9. 宇宙怪人	江戶川亂步著	特價 230 元
10. 恐怖的鐵塔王國	江戶川亂步著	特價 230 元
11. 灰色巨人	江戶川亂步著	特價 230 元
12. 海底魔術師	江戶川亂步著	特價 230 元
13. 黃金豹	江戶川亂步著	
14. 魔法博士	江戶川亂步著	
15. 馬戲怪人	江戶川亂步著	
16. 魔人銅鑼	江戶川亂步著	
17. 魔法人偶	江戶川亂步著	
18. 奇面城的秘密	江戶川亂步著	
19. 夜光人	江戶川亂步著	
20. 塔上的魔術師	江戶川亂步著	
21. 鐵人Ｑ	江戶川亂步著	
22. 假面恐怖王	江戶川亂步著	
23. 電人Ｍ	江戶川亂步著	
24. 二十面相的詛咒	江戶川亂步著	
25. 飛天二十面相	江戶川亂步著	
26. 黃金怪獸	江戶川亂步著	

・武 術 特 輯・大展編號 10

1. 陳式太極拳入門	馮志強編著	180 元
2. 武式太極拳	郝少如編著	200 元
3. 練功十八法入門	蕭京凌編著	120 元
4. 教門長拳	蕭京凌編著	150 元
5. 跆拳道	蕭京凌編譯	180 元
6. 正傳合氣道	程曉鈴譯	200 元
7. 圖解雙節棍	陳銘遠著	150 元
8. 格鬥空手道	鄭旭旭編著	200 元
9. 實用跆拳道	陳國榮編著	200 元
10. 武術初學指南	李文英、解守德編著	250 元
11. 泰國拳	陳國榮著	180 元
12. 中國式摔跤	黃　斌編著	180 元
13. 太極劍入門	李德印編著	180 元
14. 太極拳運動	運動司編	250 元
15. 太極拳譜	清・王宗岳等著	280 元
16. 散手初學	冷　峰編著	200 元
17. 南拳	朱瑞琪編著	180 元
18. 吳式太極劍	王培生著	200 元
19. 太極拳健身與技擊	王培生著	250 元
20. 秘傳武當八卦掌	狄兆龍著	250 元
21. 太極拳論譚	沈 壽著	250 元

22.	陳式太極拳技擊法	馬　虹著	250 元
23.	二十四式 三十二式 太極 拳 劍	闞桂香著	180 元
24.	楊式秘傳 129 式太極長拳	張楚全著	280 元
25.	楊式太極拳架詳解	林炳堯著	280 元
26.	華佗五禽劍	劉時榮著	180 元
27.	太極拳基礎講座：基本功與簡化 24 式	李德印著	250 元
28.	武式太極拳精華	薛乃印著	200 元
29.	陳式太極拳拳理闡微	馬　虹著	350 元
30.	陳式太極拳體用全書	馬　虹著	400 元
31.	張三豐太極拳	陳占奎著	200 元
32.	中國太極推手	張　山主編	300 元
33.	48 式太極拳入門	門惠豐編著	220 元
34.	太極拳奇人奇功	嚴翰秀編著	250 元
35.	心意門秘籍	李新民編著	220 元
36.	三才門乾坤戊己功	王培生編著	220 元
37.	武式太極劍精華 +VCD	薛乃印編著	350 元
38.	楊式太極拳	傅鐘文演述	200 元
39.	陳式太極拳、劍 36 式	闞桂香編著	250 元
40.	正宗武式太極拳	薛乃印著	220 元
41.	杜元化＜太極拳正宗＞考析	王海洲等著	300 元
42.	＜珍貴版＞陳式太極拳	沈家楨著	元
43.	24 式太極拳＋VCD	中國國家體育總局著	350 元

・原地太極拳系列・大展編號 11

1.	原地綜合太極拳 24 式	胡啟賢創編	220 元
2.	原地活步太極拳 42 式	胡啟賢創編	200 元
3.	原地簡化太極拳 24 式	胡啟賢創編	200 元
4.	原地太極拳 12 式	胡啟賢創編	200 元

・名師出高徒・大展編號 111

1.	武術基本功與基本動作	劉玉萍編著	200 元
2.	長拳入門與精進	吳彬　等著	220 元
3.	劍術刀術入門與精進	楊柏龍等著	220 元
4.	棍術、槍術入門與精進	邱丕相編著	220 元
5.	南拳入門與精進	朱瑞琪編著	220 元
6.	散手入門與精進	張　山等著	220 元
7.	太極拳入門與精進	李德印編著	元
8.	太極推手入門與精進	田金龍編著	元

・實用武術技擊・大展編號 112

1.	實用自衛拳法	溫佐惠著	250 元
2.	搏擊術精選	陳清山等著	220 元
3.	秘傳防身絕技	陳炳崑著	230 元

・道學文化・大展編號 12

1.	道在養生：道教長壽術	郝　勤等著	250 元
2.	龍虎丹道：道教內丹術	郝　勤著	300 元
3.	天上人間：道教神仙譜系	黃德海著	250 元
4.	步罡踏斗：道教祭禮儀典	張澤洪著	250 元
5.	道醫窺秘：道教醫學康復術	王慶餘等著	250 元
6.	勸善成仙：道教生命倫理	李　剛著	250 元
7.	洞天福地：道教宮觀勝境	沙銘壽著	250 元
8.	青詞碧簫：道教文學藝術	楊光文等著	250 元
9.	沈博絕麗：道教格言精粹	朱耕發等著	250 元

・易學智慧・大展編號 122

1.	易學與管理	余敦康主編	250 元
2.	易學與養生	劉長林等著	300 元
3.	易學與美學	劉綱紀等著	300 元
4.	易學與科技	董光壁著	280 元
5.	易學與建築	韓增祿著	280 元
6.	易學源流	鄭萬耕著	280 元
7.	易學的思維	傅雲龍等著	250 元
8.	周易與易圖	李　申著	250 元

・神算大師・大展編號 123

1.	劉伯溫神算兵法	應　涵編著	280 元
2.	姜太公神算兵法	應　涵編著	280 元
3.	鬼谷子神算兵法	應　涵編著	280 元
4.	諸葛亮神算兵法	應　涵編著	280 元

・秘傳占卜系列・大展編號 14

1.	手相術	淺野八郎著	180 元
2.	人相術	淺野八郎著	180 元
3.	西洋占星術	淺野八郎著	180 元
4.	中國神奇占卜	淺野八郎著	150 元

5. 夢判斷	淺野八郎著	150 元
6. 前世、來世占卜	淺野八郎著	150 元
7. 法國式血型學	淺野八郎著	150 元
8. 靈感、符咒學	淺野八郎著	150 元
9. 紙牌占卜術	淺野八郎著	150 元
10. ESP 超能力占卜	淺野八郎著	150 元
11. 猶太數的秘術	淺野八郎著	150 元
12. 新心理測驗	淺野八郎著	160 元
13. 塔羅牌預言秘法	淺野八郎著	200 元

・趣味心理講座・大展編號 15

1. 性格測驗① 探索男與女	淺野八郎著	140 元
2. 性格測驗② 透視人心奧秘	淺野八郎著	140 元
3. 性格測驗③ 發現陌生的自己	淺野八郎著	140 元
4. 性格測驗④ 發現你的真面目	淺野八郎著	140 元
5. 性格測驗⑤ 讓你們吃驚	淺野八郎著	140 元
6. 性格測驗⑥ 洞穿心理盲點	淺野八郎著	140 元
7. 性格測驗⑦ 探索對方心理	淺野八郎著	140 元
8. 性格測驗⑧ 由吃認識自己	淺野八郎著	160 元
9. 性格測驗⑨ 戀愛知多少	淺野八郎著	160 元
10. 性格測驗⑩ 由裝扮瞭解人心	淺野八郎著	160 元
11. 性格測驗⑪ 敲開內心玄機	淺野八郎著	140 元
12. 性格測驗⑫ 透視你的未來	淺野八郎著	160 元
13. 血型與你的一生	淺野八郎著	160 元
14. 趣味推理遊戲	淺野八郎著	160 元
15. 行為語言解析	淺野八郎著	160 元

・婦 幼 天 地・大展編號 16

1. 八萬人減肥成果	黃靜香譯	180 元
2. 三分鐘減肥體操	楊鴻儒譯	150 元
3. 窈窕淑女美髮秘訣	柯素娥譯	130 元
4. 使妳更迷人	成　玉譯	130 元
5. 女性的更年期	官舒妍編譯	160 元
6. 胎內育兒法	李玉瓊編譯	150 元
7. 早產兒袋鼠式護理	唐岱蘭譯	200 元
8. 初次懷孕與生產	婦幼天地編譯組	180 元
9. 初次育兒 12 個月	婦幼天地編譯組	180 元
10. 斷乳食與幼兒食	婦幼天地編譯組	180 元
11. 培養幼兒能力與性向	婦幼天地編譯組	180 元
12. 培養幼兒創造力的玩具與遊戲	婦幼天地編譯組	180 元
13. 幼兒的症狀與疾病	婦幼天地編譯組	180 元

14. 腿部苗條健美法	婦幼天地編譯組	180 元
15. 女性腰痛別忽視	婦幼天地編譯組	150 元
16. 舒展身心體操術	李玉瓊編譯	130 元
17. 三分鐘臉部體操	趙薇妮著	160 元
18. 生動的笑容表情術	趙薇妮著	160 元
19. 心曠神怡減肥法	川津祐介著	130 元
20. 內衣使妳更美麗	陳玄茹譯	130 元
21. 瑜伽美姿美容	黃靜香編著	180 元
22. 高雅女性裝扮學	陳珮玲譯	180 元
23. 蠶糞肌膚美顏法	坂梨秀子著	160 元
24. 認識妳的身體	李玉瓊譯	160 元
25. 產後恢復苗條體態	居理安・芙萊喬著	200 元
26. 正確護髮美容法	山崎伊久江著	180 元
27. 安琪拉美姿養生學	安琪拉蘭斯博瑞著	180 元
28. 女體性醫學剖析	增田豐著	220 元
29. 懷孕與生產剖析	岡部綾子著	180 元
30. 斷奶後的健康育兒	東城百合子著	220 元
31. 引出孩子幹勁的責罵藝術	多湖輝著	170 元
32. 培養孩子獨立的藝術	多湖輝著	170 元
33. 子宮肌瘤與卵巢囊腫	陳秀琳編著	180 元
34. 下半身減肥法	納他夏・史達賓著	180 元
35. 女性自然美容法	吳雅菁編著	180 元
36. 再也不發胖	池園悅太郎著	170 元
37. 生男生女控制術	中垣勝裕著	220 元
38. 使妳的肌膚更亮麗	楊　皓編著	170 元
39. 臉部輪廓變美	芝崎義夫著	180 元
40. 斑點、皺紋自己治療	高須克彌著	180 元
41. 面皰自己治療	伊藤雄康著	180 元
42. 隨心所欲瘦身冥想法	原久子著	180 元
43. 胎兒革命	鈴木丈織著	180 元
44. NS 磁氣平衡法塑造窈窕奇蹟	古屋和江著	180 元
45. 享瘦從腳開始	山田陽子著	180 元
46. 小改變瘦 4 公斤	宮本裕子著	180 元
47. 軟管減肥瘦身	高橋輝男著	180 元
48. 海藻精神秘美容法	劉名揚編著	180 元
49. 肌膚保養與脫毛	鈴木真理著	180 元
50. 10 天減肥 3 公斤	彤雲編輯組	180 元
51. 穿出自己的品味	西村玲子著	280 元
52. 小孩髮型設計	李芳黛譯	250 元

・青春天地・大展編號 17

1. A 血型與星座	柯素娥編譯	160 元
2. B 血型與星座	柯素娥編譯	160 元

3. O血型與星座	柯素娥編譯	160元
4. AB血型與星座	柯素娥編譯	120元
5. 青春期性教室	呂貴嵐編譯	130元
7. 難解數學破題	宋釗宜編譯	130元
9. 小論文寫作秘訣	林顯茂編譯	120元
11. 中學生野外遊戲	熊谷康編著	120元
12. 恐怖極短篇	柯素娥編譯	130元
13. 恐怖夜話	小毛驢編譯	130元
14. 恐怖幽默短篇	小毛驢編譯	120元
15. 黑色幽默短篇	小毛驢編譯	120元
16. 靈異怪談	小毛驢編譯	130元
17. 錯覺遊戲	小毛驢編著	130元
18. 整人遊戲	小毛驢編著	150元
19. 有趣的超常識	柯素娥編譯	130元
20. 哦！原來如此	林慶旺編譯	130元
21. 趣味競賽100種	劉名揚編譯	120元
22. 數學謎題入門	宋釗宜編譯	150元
23. 數學謎題解析	宋釗宜編譯	150元
24. 透視男女心理	林慶旺編譯	120元
25. 少女情懷的自白	李桂蘭編譯	120元
26. 由兄弟姊妹看命運	李玉瓊編譯	130元
27. 趣味的科學魔術	林慶旺編譯	150元
28. 趣味的心理實驗室	李燕玲編譯	150元
29. 愛與性心理測驗	小毛驢編譯	130元
30. 刑案推理解謎	小毛驢編譯	180元
31. 偵探常識推理	小毛驢編譯	180元
32. 偵探常識解謎	小毛驢編譯	130元
33. 偵探推理遊戲	小毛驢編譯	180元
34. 趣味的超魔術	廖玉山編著	150元
35. 趣味的珍奇發明	柯素娥編著	150元
36. 登山用具與技巧	陳瑞菊編著	150元
37. 性的漫談	蘇燕謀編著	180元
38. 無的漫談	蘇燕謀編著	180元
39. 黑色漫談	蘇燕謀編著	180元
40. 白色漫談	蘇燕謀編著	180元

・健康天地・大展編號18

1. 壓力的預防與治療	柯素娥編譯	130元
2. 超科學氣的魔力	柯素娥編譯	130元
3. 尿療法治病的神奇	中尾良一著	130元
4. 鐵證如山的尿療法奇蹟	廖玉山譯	120元
5. 一日斷食健康法	葉慈容編譯	150元
6. 胃部強健法	陳炳崑譯	120元

國家圖書館出版品預行編目資料

東海海戰〈I〉　新・中國－日本戰爭(十)／森詠著；林庭語譯
－初版－臺北市，大展，民 91
面；21 公分－（精選系列；26）
譯自：新・日本中國戰争(十)東シナ海海戰
ISBN 957-468-158-0（平裝）

861.57　　91011554

東海海戰〈I〉 新・中國－日本戰爭(十)　ISBN 957-468-158-0

著　　者／森　　詠
譯　　者／林　庭　語
發 行 人／蔡　森　明
出 版 者／大展出版社有限公司
社　　址／台北市北投區（石牌）致遠一路 2 段 12 巷 1 號
電　　話／(02) 28236031・28236033・28233123
傳　　真／(02) 28272069
郵政劃撥／01669551
登 記 證／局版臺業字第 2171 號
承 印 者／國順圖書印刷公司
裝　　訂／嶸興裝訂有限公司
排 版 者／千兵企業有限公司
初版1刷／2002 年（民 91 年） 9 月

定　價／220 元

大展好書　好書大展
品嘗好書　冠群可期

大展好書　好書大展
品嘗好書　冠群可期